文訊叢刊⑯
年輕出擊

人間有花香

——林佩芬、林剪雲、李若男、黃秋芳
衣若芬、楊麗玲

文訊雜誌社 編

序

◎李瑞騰

從第廿五期（七十五年八月）開始，「文訊」即設有「年輕出擊」專欄，選擇表現傑出的文藝工作者加以報導。所謂「表現傑出」指的是致力於文藝工作，而近期曾發表值得注意的作品，或是在某文藝競賽中獲獎者。我們實際的作法是請對這一位文藝工作者有所認識的朋友，針對人與作品加以敍述並分析。

到六十三期（八十年一月）爲止，這個專欄一共介紹了四十九位，其中大部分是屬文學類，當然這和我們平常關切的範疇有關。我們曾力求突破，希望在音樂、美術等藝術範疇尋找對象，但由於資訊管道有限，成效始終不佳。

在所介紹的年輕作家，依文類分佈，詩人八位，散文家五位，小說家廿八位。小說一枝獨秀，備受寵愛，這本來就是整個廿世紀的一般情況，原不足驚奇，但女性作家在量上的優勢（在廿八位小說作者中女性十七位），實值得我們深思。

下面幾個統計數字應有參考價值：

一、全唐詩收了兩千兩百多位詩人的作品，女性詩人不足兩百位，知名的只魚玄機等少數幾人而已。

二、宋代的女詞人，名姓約略可知的約一百三十人，生平事蹟可得而說的，只不過李清照、朱淑貞等數人而已。

三、民國三十八年以前的大陸文壇，以寫詩人來說，港大、中大合編的「現代中國詩選」（一九一七—一九四九）計收一〇九家，確定是女詩人的只有冰心等三位。

四、光復前的台灣文學界，以遠景版的「光復前台灣文學全集」（十二冊）來看，除了楊逵夫人葉陶女士、蔡德音夫人月珠女士偶有詩作以外，其餘皆男性作家。

五、民國七十三年中央圖書館等單位舉辦「當代女作家作品展」，從書目中可以發現，當代台灣及海外自由地區有單行本出版的女作家截至七十二年底有二九四人。文建會於同年出版的「中華民國作家作品目錄」計收作家六二三人，其中女性有一七九人，約佔了百分之三十弱。另外，隨手抽查略帶有批評意味的兩本「作家資料書」，一本是民國五十七年梅遜編的「作家羣像」，在所介紹的三十六位作家中，女性有十四位，約佔百分之四十；一本是民國七十四年隱地編的「作家與書的故事」，在三十五位作家中，女性十五位，約佔百分之四十三。（以上詳拙文「女性文學的多元化」）

六、希代版「新世代小說大系」中，民國四十五年以後出生的五十五位小說作家中，女性有三十二位，約佔百分之五十八。

女性作家在量上的擴增，尤其是新生代，到了八〇年代已足以與男性作家分庭抗禮，同時她們的作品在書籍市場上暢銷，無形中左右了大部分文學閱讀人口的品味，頗有導引文風的可能性；從另外一個角度來看，女性的社會參與日漸繁多，文學的題材和主題表現已經多元化，讓人不得不重視。

如果以十年爲一代，那麼民國四十五年以後出生的女性小說作家就是戰後出生的第二代，她們崛起於八〇年代，在各種文藝營及重要文學獎中獲得重視，成爲文學書籍市場上的主力，實在値得觀察。

從「年輕出擊」輯出的十七位女性作家，最年長的是蔡秀女（四十五年生），最年輕的是鄒敦玲（五十六年生），我們將她們區分成三輯：「陽光心事」、「人間有花香」、「深情與孤意」，並附錄一篇她們的作品，讀者應更能掌握她們的小說特質。

感謝分別爲她們撰寫報導文章的朋友，感謝所有被報導者同意我們附錄她們的大作；文訊編輯同仁不辭辛勞的工作，更是讓我感佩。

目錄

年輕出擊

民國四十六年生，滿州鑲黃旗人。東吳大學中文系肄業，曾任「書評書目」編輯，現專事寫作。著有小說集「洞仙歌」、「大江東去」、「台北風情」、「唱一首無言的歌」等。

林佩芬

◉樸月

獨看梅花月半痕

林佩芬的文學志業

當「文訊」選中林佩芬為「年輕出擊」的介紹對象，又指定我為執筆人後，我們通了一個電話，林佩芬以她一貫的琅琅笑聲，說出她的感想：

「我覺得很可笑，因為，我不覺得我『年輕』！我已經三十歲了！」

在文學國度中的資歷「老」，是無可否認的，自她二十歲以一篇「洞仙歌」震驚文壇迄今，已整整十年了。而且，十年來，她一直平穩、有恆的維持著質與量上，都相當可觀的作品發表，算來眞是難能可貴的。

在林佩芬的作品中，已出版的有：「一九七八年春」、「聲聲慢」、「洞仙歌」、「大江東去」、「紅牋小記」、「燕雙飛」、「第四樂章」、「天女散花」等，在這八本書中，除了「紅牋小記」，屬於文學評論的性質外，其他都是小說，包括了短篇、中篇、長篇，在林佩芬的作品中，「小說」是她的主要文類，是無庸置疑的，雖然，她也有不少的散文在報章發表，而且，她也能吟詩、作對、填詞，但是，這些勢必為小說的光芒所掩，在一般讀者的觀感中，將她劃歸「小說家」也是勢所難免。

曾和許多朋友談林佩芬的小說風格，一位朋友率直的說：

「文筆美、技巧好，但太閨閣氣，和現代距離太遠！」

這大概是一般讀者對她小說的「直覺印象」了，這也是林佩芬小說在芸芸衆家小說中，獨樹一幟的特色。這種特色何以致之？必須從她的成長歷程上去探索。

林佩芬是滿洲人，而且，還是鑲皇旗鈕祜祿氏的正支貴裔，在清代，鈕祜祿氏是顯赫一時的皇親國戚，出過好幾位皇后。這一份顯赫，距生於民國四十六年的林佩芬，自然已是遙不可及的歷史陳跡了。但是，林佩芬的父親，卻是經歷過「繁華」的；由滿清貴冑，而入民國後，寄情詩酒，留連風月的世家子弟，而為衣食謀，長年漂泊三洋七海的船長，平生遭際，已自堪傷。再加上在負荷滿清淪亡悲劇之後，又緊接著經歷了這塊土地上接踵的戰亂、滄桑、變革，這一種蒼涼、無奈、沉痛的心境，雖非他晚年的「老來女」佩芬幼時能識、能解的，但是年長以後，回思老父低吟「綺羅堆裡埋神劍，簫鼓聲中老客心」的神態，配合她對近代史的了解，感受自比一般懵懂青少年要深刻的多。

除「才女」養成教育外，由於佩芬之母，系出名門，對女兒教養，十分嚴格，在這種情況下，佩芬筆下一幅幅「仕女」，所流露出的閨閣氣，便有了合理的解釋。

據佩芬追憶，她的童年是寂寞而蒼白的，父親本已四海爲家，不上船時，大部分時間，逗留唱紹興戲出身的庶母處，父母之間，僅維持著夫妻的名義，而少眞情。母親，表面上矜持著名門閨秀與「大婦」的身份，實際上，深受孤寂冷落的煎熬，生活在這樣環境中的林佩芬，自然養成了孤僻、早熟的內向性格，「讀書」，幾乎成了她幼年生活中最大的樂趣，她在「寫作年表」中記載：

民國五十六年，十歲，初讀「紅樓夢」，開始沉迷於古典小說中，於是大量搜求，自水滸、西遊記、三國……而至唐人傳奇；但皆屬「囫圇吞棗」。

民國五九年，十三歲，始讀翻譯小說。

民國六一年，十五歲，讀「約翰・克利斯朵夫」，深受震撼，爲之感懷良久。

民國六四年，十八歲，入大學，讀書稍有計劃。

民國六五年，十九歲，發表「談叢甦的秋霧」於書評書目。

這是林佩芬由「讀書」而「評書」之始。由她結集成「紅牋小記」的三十五篇評論性文章看，這一階段，她已脫離泛泛閱讀的階段，而站在文學理論的基礎上，開始對文學作品，以嚴肅的態度精研深究了，她評論的範圍很廣，包括了古、今、中、外的文學、哲學作品。前輩美學大師王夢鷗教授，在「紅燄小記」的序文中，如此讚許：

「她對於讀過的小說，既能注意到作者的生平及時代背景，而於作品所呈現的，更能一本自己的寫作經驗，依各種角度作深入的考察……可看出她的閱讀態度和鑽牛角尖的學者沒有兩樣，既細心，又執著……如果，這即是她平日自我訓練的一點迹象，就無怪乎她在創作上能如此順暢便捷而曲盡其妙了。正像蘇東坡說的，求物之妙，如捕風捉影，能使物了然於心者，而推於筆墨之上，自然會順理成章。」

王教授特別指出：

「林佩芬以這樣短短的寫作時間，就已創下許多可讀的作品，當然都不是什麼神來之筆，而是因她隨事留心，好學深思，有以致之。」

我們可以相信，「洞仙歌」那引起文壇震驚的璀璨，並不是「偶然」，走上文壇，林佩芬經過了無數的努力之後，她嘗試將所學的文、哲、史與自己的所思所感，運用文學理論中獲得的種種技巧，治於一爐，而做的實驗。故事情節，並不曲折離奇，而蘊藏的內涵，倒頗值得玩味。尤其心理的劃刻，幽微深曲；意象暗示的細膩；比喻描繪的精致，更加上典雅清麗的文采，頓在當時的文壇上，大放異彩。這初步的成功，對佩芬的鼓勵，顯現在她後來「義無反顧」的投入以「寫作」爲唯一事業的執著上。

而林佩芬這樣走下來了，支持她的力量，是她自己說是一種「使命感」：

「爲什麼會選擇寫作，相信大多數人都是由興趣開始的，然而由興趣延長成終生奮鬥的目標與理想，就不單單只是興趣了，人生天地間，在逆旅中寄生的幾十年間，能貢獻出什麼呢？寫作，當然是貢獻自己的方式之一，這是一種信仰，一個理想，一種使命，發揮到極致時，那就是一個希望：你的貢獻，可以使人類有更美好的未來。因此，寫作的意義是嚴肅的。」

以這樣一份嚴肅的態度爲立足點，她發展出她的風格傾向於「古典」；展現失落於科技文明的時代巨輪之外，上一代人，憂世、傷時、懷鄉、思土的悲愴情懷。這一種承襲了中國傳統的文化素質，幾乎是「堅貞」的秉執這一份對家國、對民族、對傳統文化的虔敬，和今時現世幾已脫節的離亂滄桑，成爲林佩芬割不斷的「情結」；自她幼年，幾乎便爲這一些人、事所環繞，及長，見聞漸廣、知識漸開，也有了屬於自己的觀照，自然而然，這些自幼熟知的人物、情事，便成爲她筆下不盡的素材。但她對自己的期許，不僅是一個「說故事」的人，她認爲：

「不可否認的，小說在表面上就是故事，但除了外在的故事性之外，小說還須具備內在的思想，否則就沒有把故事寫成小說的必要。我相信文學最忠實的目的是在啓示人生，小說家藉著小說的形式來表達他的思想……而他在作品中所表現的見解，就是他的人生觀、他的人生哲學，從而提出他對人生的啓示。」

因此，她對人世滄桑與離亂，中國人那交織著血淚的故事，不論是感慨、惋惜、批判、責備，總在溫柔敦厚的含蓄中，隱喻婉諷，而沒有劍拔弩張的犀利。而且，總留下一些生生不息的生機，期之於來日，在人生觀的啓示上，毋寧仍是樂觀、進取的。

也因爲這一份溫柔敦厚、樂觀進取，在她幾篇肯定政府建設、政治成就的作品發表後，也頗受一些對社會改革持較激進態度的文藝界人士不滿，責備她以缺乏滿族血統意識，竟連續以「聲聲慢」、「大江東去」、「第四樂章」三個長篇，對「革」了滿清「命」的中華民國政府的「反共愛國」政策，附和認同起來。似乎，這位被稱爲滿清末代格格的林佩芬，該挾著滿腔復仇的怒火，來拚個同歸於盡才對。這種煽動性的批評，對林佩芬並沒有起太大的作用，對「政治」，林佩芬一直有的是理性的關心，而她的「反共」，更不僅因國策而已，她在「聲聲慢」出版前，寫過一篇「六十年來家國」的文章，提到她所親聞族人的遭際：

「隨溥儀赴滿洲國的大半不得善果，留居關內的又流離失所，惘惶終日；大陸變色後，未及逃離的又多被共黨以『地主』名義迫害殺戮，我有一位堂叔，早年留學日本，回國後一變而爲馬克思主義的忠實信徒，卻在文革時期被迫跳樓自盡。」

她並不像「台獨」自外於「中國」，因此她說：

「近百年命運悲慘的不只是旗人，而是整個中國。」

她曾在對學生演講中，提到文學必須的「四要」：才——才華、興趣；學——學識、學養；識——見解；德——道德。而她强調：「如果沒有品德的話，所有的優良條件反而成了害處。」在今日以唱反調爲時髦、反共愛國被譏爲「八股」之際，林佩芬的表現，何妨稱爲道德勇氣？

有些朋友，擔心她把路走窄了，把重點放在縱向的歷史觀照上，少了對現代社會現實現象的關心，落入「貴族」、「唯美」的窠臼，迷失在技巧、辭藻間。林佩芬希望自己能有所拓展，但，人貴自知，以她的成長背景，若要把層面降到中下社會階層，走「鄉土」路線，或放在目前最寫實的商場競逐、現代人的迷思上，恐怕與她自己的生活相去太遠，而這一切，也不是她能自典籍中品味涵泳得到的。「寫自己所熟悉的」是一種忠實，除非她眞的走入另一環境中，能深切體驗另一層次的生活、語言、思想形態，否則，勢必吃力不討好。

近年，佩芬因加入「滿族協會」，而在族人殷殷切望下，除整理滿文詩發表外，並籌備以一百萬字，寫滿清開國英雄人物「努爾哈齊」一生功業，目前正積極搜集史料中。或者，林佩芬突破的方向會在這一端，這一部堪稱滿族史詩的巨著，必須具備的雄渾氣勢，無論如何，不是「閨閣」小品可以比擬，佩芬將面臨的考驗，已超出文評褒貶的範圍，這事關「祖宗」及滿族歷史，不僅個人毀譽榮辱而已。

在典籍中鈎沉擷英，是佩芬特長之一，而這是寫歷史人物的基本條件。或者，這將是她個人的一個里程碑，不侷限於精緻、細膩的秀美，而將整個視野推向更壯闊、雄健的天地，於近代的雜亂、滄桑外，更探索出自身民族的命脈源流。

——七十六年二月，文訊二十八期

〈林佩芬作品〉

丹桂飄香

爲什麽？我的心像在迷霧中翻滾，說不出什麽感覺來，
就只有慌慌的往下沉……
難道我的前生竟是飄香郡主？

一　筱桂花

「大師哥，我們以前來過這裡嗎？」

一走進這幢廢墟的大門，我就有著似曾相識的感覺；於是，我衝著大師哥脫口就問。

「怎麼會?咱們這可是第一次入川哪!」

「可是，我看著好眼熟——這幢房子，我好像什麼時候在這裡住過似的!」

「妳別是趕路累糊塗了，小師妹。」大師哥轉過臉來看著我，滿眼是笑的說道:「妳怎麼會在這裡住過呢?師父撿到妳的時候，妳才落地沒幾天呢，此後便是師娘餵妳，我背妳，拉著妳長大的，妳幾時離了班子在這裡住過?再說，妳看看這房子的模樣，想想，早上在山下聽人怎麼說的?還記得不?」

「哦，我記得呀!山下那戶農家的老大爺說，這裡原是前朝鬧亂子時候的忠義王府，原先好大的氣派，可惜，二十年前給官軍一把火燒了，才變成現在這模樣!」我回憶著聽來的話，簡單的回答大師哥。

「那就是囉，這裡已經二十年沒人住了，妳今年才多大?怎麼會在這裡住過?」

「可是，我……我覺得眼熟;」我打量著這幢廢墟，大門，影壁，石階，長廊，看來無一不是舊識;我的心砰砰的跳著，這種感覺很難說出口，我只能照實的告訴大師哥:「眞的，唔……好像，以前來過似的!」

大師哥卻想也不想的就打斷了我的話:

「沒有的事——這裡，連我都是第一次來，更別說是妳了!快別胡思亂想了，去!

幫著師姐她們收拾東西去！」

大師哥說完這話掉頭就走開了，自顧自的和二師兄、三師兄去卸下行李來；我也只好跟在他身後，去幫著師姐們拿些輕便的行李進屋來；可是，心裡面的想頭卻怎麼也放不下，總覺得我以前來過這裡，甚至，住過這裡……但是再一想，大師哥說得對，我是在這個雜耍班子裡長大的；小時，師娘就告訴過我，師父帶著這個雜耍班子走遍大江南北，賣藝為生，有一天，就在一條山路上的桂花樹下撿到了剛出生幾天的我，附近沒有人家，也不知道我的父母是誰，只好收養了我，取名就叫桂花，那一年，大師哥已經十二歲了，這些他都親眼看見的，往後，他還天天幫著背我，直到我長大，他又幫著教我各種玩意；師父師娘過世以後，他接下這個雜耍班子，帶著我們幾個師兄妹跑江湖賣藝；是囉，打從我長這麼大，從來也沒有離開過大師哥的眼前，既然他沒有來過這裡，我怎麼會來過呢？

看來，眞是我趕路累糊塗了，這幾天，為的要入川，蜀道難走，盡是高陡的山路，累得每個人都叫苦連天；這一切，大約都是我的幻覺吧！

「小師妹，妳怎麼楞在這裡呢？快進去幫忙呀！」

是大師姐的聲音，我吃了一驚，連忙收回了胡思亂想中的心神，定一定睛，看著幾位師兄和師姐已經走進了廂房，我也連忙提著行李走進去。

大師哥正在比手劃腳的指揮著大家：

「今晚，將就著住這兩間廂房吧，上頭的蜘蛛網和灰塵就別管它了，咱們只把炕打掃乾淨，放上鋪蓋就睡吧，總比露宿荒郊强些——這裡，男一間，女一間，弄乾淨了，大家吃了乾糧就上炕吧！」

大家應了聲好，立刻就分頭忙了起來，我看了看，放下了手中的行李，對大師哥說：

「我先去找點水來！」

「也好，趁天還沒黑，妳去找著了水源，先灌滿了水壺；要是水源離這兒不遠，大夥還來得及趕過去洗了腳回來睡呢！」

我接過大師哥遞過來的兩個大水壺，拎在手上，即刻便走出了廢墟；沿著山路，找了不多時，就找到了一泓清潭，潭水清澈得可以見到潭底的游魚，水面上更迴映著天光雲影和山石花樹，看得我眼睛一亮，心裡也特別清明起來。

於是，我快快的裝滿了兩大壺的水，然後，就勢用雙手掬起一掌清水來，洗了洗我自己的臉龐；這潭水清涼晶瑩，如玉的水珠濺在臉上有一股說不出來的舒暢的感覺，我索性閉上了眼睛，作了個長長的深呼吸，慢慢的享受著水珠帶來的清涼。

忽然，一縷桂花的香氣飄了過來，那種濃郁而清雅的香氣正是我最喜歡的味道；我立刻睜開眼來，想要尋訪桂花的蹤跡，卻不料，我一睜開眼就看到了映在水面上的影子——驀地，我大吃一驚，魂魄險些飛出了軀殼……

我想大聲喊叫，可是張大了嘴巴卻發不出聲音來；我想轉身逃開，全身卻都癱軟得動彈不得了，只有任憑心中的驚駭隨著血管流到全身的每一個地方……偏偏，我的身體已經不能動彈了，連眼皮也沒法眨一下，於是，我只好定定的看著水面上的影子。

水中確實映著我的容顏，那眉，那眼，那唇，那模樣確實是我——水中的我穿著一身雪白的衣裙，端然坐在一間佈置得十分整潔高雅的書房中讀書；那間書房我覺得十分眼熟，好像以前去過似的，想都不用想就記起了它的陳設，一壁是滿架的書，一壁懸著一張琴，一管簫，一把劍，一壁懸著一幅畫；啊，果然不錯，我定睛一看，那幅畫上畫的也是我，身穿雪白衣裙，立在一株丹桂樹下吹簫，旁邊還有幾行小字，寫的是「永憶江湖歸白髮，欲迴天地入扁舟。乙未年秋飄香自題寫眞。」

我仔細的看著，一點都不錯；這書房，我想必什麼時候去過的，在那裡讀過書——是了，我心中忽然閃過一道靈光，那天，我讀的是「讀史方輿記要」啊；只是，讀了不多時就被人打斷了！

是了，就在這個時候，我的侍兒匆匆的跑了進來，口中喜孜孜的喊叫著：

「郡主，郡主，王爺回府了！」

我的心中一喜，連忙放下手中的書，立起身子離座，這時，我養著的一隻鸚鵡也在我身後連聲的學舌：

「郡主，郡主，王爺回府了！」

我笑了一笑，顧不得逗牠了，一邊攏了攏鬢髮，一邊向我的侍兒說道：

「快，我要到門口去迎接父王！」

於是，侍兒飛快的爲我理了髮，整了衫；然後，我便三步併作兩步的下了樓，穿過掩映著重重桂花樹影的長廊，走出花園，打垂花門走出去，到了前庭，從長廊上走過，直繞過影壁，走出了大門；這一陣急行，走得我喘吁吁的，額上也沁出了汗珠；但是，父王的虎駕已經到了，我竟來不及拭汗了，就勢便恭身跪倒在地，向父王稱道：

「孩兒恭迎父王凱旋回府！」

這時，一個有如洪鐘般的聲音在我的耳畔響起：

「快起來！四兒，兩個月不見，讓爲父好好看看妳！」

一隻厚實有力的大手托起了我的臂彎，我盈盈的笑著，抬起頭來注視著父王；他淡紫褐色的臉龐中有著幾條明顯的皺紋，兩鬢也有些斑白了，兩個月不見，他的神色中已經掩不住風霜和征戰的烙痕；只是，他的雙目仍然炯炯有神，眉宇間自然流露著威猛的氣度；我情不自禁的注視著他，心中充滿了喜悅，眼中卻轉著淚珠。

「四兒，怎麼哭了？」

「哦，孩兒是——太高興了！」

「門口風大，我們進府裡去吧！」

於是，他挽著我，邁步進門；我偎著他，悄悄的舉手拭去淚珠，一抬眼，正好瞧見大門上懸著的匾額，金底紅字，閃亮耀眼的展示著「忠義王府」……

心中一陣熱潮湧來，我「啊」的一聲叫了出來，驀地，我的手腳都能動彈了，可是眼前的一切都消失了。

「忠義王府」四個字呢？王爺呢？郡主呢？我用力的甩了甩頭，睜大眼睛，直直的盯著水面看。

水面上只有一個影子，那就是我——筱桂花；穿著尋常的衫襖，紮腳褲，梳兩條辮子——二十年前給雜耍班的老師父撿著養大的孤女，每天跟著雜耍班子跑江湖賣藝，路過「忠義王府」，到這潭邊來打水的筱桂花啊！

我定了定神，再怎麼看，水裡也只有我自己的影子，那麼剛才——我是作了一場夢嗎？夢裡有王爺，郡主，忠義王府？那忠義王府的一切，我爲什麼會覺得眼熟呢？對了，我一進忠義王府，就覺得好像以前來過一樣，該不會是在夢裡吧？啊，我想起來了，我小時候，常常作著同樣一個夢，夢見我自己在一個大房子裡走來走去，直到過了十二歲，才不再作這個夢；那時小，記不眞了，現在想來，那間大房子，該不會就是忠義王府吧？

想到這裡，我一骨碌的跳了起來；師哥他們現在還在忠義王府啊，我何不趕快回去，趁著天還沒黑，好好的查看一下那座已經變成廢墟的王府呢？也許，那裡面藏著一段什麼樣的秘密呢！

我立刻提起水壺，起身快步跑回廢墟，師哥和師姐們已經等得有些急了；我卻正好想到了一個計謀，於是，我對他們說：

「我找了好一會兒才找著那水潭的，那水清涼極了，你們正好去洗了腳回來；我打回的這兩壺水，等我去找些樹枝來，拿它燒開了，等你們回來正好有熱茶就乾糧吃呢！」

師哥師姐們聽得有理，便打算一起去洗腳了，大師哥臨走的時候還特意的回頭來叮囑我：

「枯樹枝這裡滿地都是，隨手撿撿就行了，別亂跑，我們行李、傢伙都在這裡呢！」

「好，我知道！」

口裡應著，心裡卻是另一種想頭；不等師哥師姐們前腳跨出廢墟，我的後腳已經移了出去。

我相信，這座廢墟——以前的忠義王府——裡面一定藏著什麼秘密，而這秘密，將會因爲我的來到而被探尋出來……想到這裡，我的心頭便湧上了一陣又一陣的熱潮，腳下更是不自覺的加快了步子。

沿著長廊走過去，廊上積滿了落塵和泥塵，一動步子便沙沙的作響；欄杆也摧折了大半，僅剩的幾段還殘留著火焚的遺跡，枯黑的木條斷斷續續的護圍著長廊；儘管這樣我還是認得出來，這就是我在水面上看見過的長廊，沒有錯，走過這條長廊就是垂花門……這一切，我都有著熟悉的感覺，我更加的確定了，我以前一定來過這裡！

跨進垂花門，一眼就可以望見，深深的院落後面，在花木的掩映間有一幢精緻的小樓，我脫口就喊了出來：

「飄香樓——」

是的，那就是飄香樓——我的心底升起了一個奇怪的聲音，有一股火焚似的熱力在推著我向飄香樓跑去；啊，一切都是這樣的熟悉，想都不用想，飄香樓的一切就已經浮在眼前，樓下是小廳，置著屏風、几、椅，樓上是臥室和書房，樓外則是後花園，園中植著幾株桂花……我快步的跑著，踩過叢生的雜草，沿著半毀的長廊，飛快的跑上飄香樓。

樓梯已經搖搖欲墜了，一踩上去就吱吱的作響，扶手上佈滿了蜘蛛網和灰塵，但我全然不顧了，一口氣跑上了樓中，走進了書房裡。

啊，一切都沒有改變——我立定了腳步，看了看書房的陳設，滿架的書，書桌，筆硯，壁上的畫，琴，簫，樣樣都和從前一模一樣……我在書房中踱了一圈，心中茫茫的，隨著我的眼睛遊走；啊，壁上少了長劍，到那裡去了呢？畫，畫中是我，我立在後花園中的丹桂樹下吹簫，「永憶江湖歸白髮，欲迴天地入扁舟」呵！那株丹桂是我親自以石榴與桂花接枝而成，所開的花才作紅色的呀！

我迷迷糊糊的想著，信步走到了隔壁的臥室；臥室中小窗半開，珠簾半捲，紗帳銀鈎如昔，妝檯上留著點點黑紅的漬痕，銅鏡上卻積滿了塵垢；我情不自禁的走到妝檯前坐了下來，伸手拂去了銅鏡上的塵垢，讓銅鏡恢復了往昔的明亮，然後，我抬眼注視著鏡面。

鏡中映出了我的容顏，頭戴鳳冠，身著大紅吉服與霞帔，臉上卻滿是愁容；我走到窗口，對天拜了三拜，然後，走回妝檯，在鏡前坐了下來，拿起妝檯上的長劍，緩緩的刺向自己的心口，鮮紅的血珠從心口淌了出來……

「啊──」我駭然尖叫了一聲，驚慌失措的舉起雙手來遮住了眼睛，然後，掙扎著起身，連滾帶爬的跑下了飄香樓；這是爲什麼？爲什麼？我的心像在迷霧中翻滾，說不出什麼感覺來，就只有慌慌的往下沉；我看到的種種，那都是爲什麼？忠義王府？飄香郡主？難道我的前生竟是飄香郡主？

我的心困在迷霧裡，不知道該何去何從；腳下卻像踩在雲端一樣，輕飄飄的，漫無所向，也了無痕跡……驀地，一陣桂花的香味卻隨著輕風飄到了我的心中。

我不由自主的打了個寒顫，勉强掙扎著睜開眼來，向四下一看，這裡竟是後花園啊，昔日的小橋流水已經佈滿了荒煙蔓草，只是桂香依舊──我順著香氣望去，果然，那幾株桂樹仍在，尤其是那株紅色的丹桂！

再定睛一望，在那丹桂樹下的，卻不是素衣吹簫的我，而竟是一堆高起的土坵，一塊石碑，碑上刻著字，碑旁立著一個灰衣的僧人。

那僧人背對著我，我看不見他的臉，卻覺得他的背影異常的熟悉，就像是一個我已經找尋了許久的身影似的……我情不自禁的舉步向他奔去。

那僧人轉過身來了，正面對著我——啊！那正是我刻骨銘心，魂牽夢縈，尋尋覓覓，二十年來走遍千山萬水所要找的人啊！

他的眼中有淚，我的心卻像是被長劍貫穿而過似的一陣劇痛，一股又甜又熱的鮮血從我的口中噴了出來，身體向前倒了下去；然後，我奮盡所有的力氣，掙扎著發出我最後的聲音呼喚著他：「父王——」

二　飄香郡主

父王！我只能這樣的稱呼您！

但是，就從我初見您的那一刹那間起，就已經注定了這一切；生生世世，此情不渝！

那一年，朝廷裡奸臣當道，政教失調，弄得舉國民不聊生，盜亂蜂起，江南的半壁河山全部易色，當然，我的家鄉也未能倖免於難。

盜匪搶劫了我全家的財物，殺死了我的父母兄嫂，我幸而乘隙逃出，含悲忍淚躲在草叢中，連口大氣也不敢呼吸一口的躲了一日一夜，這才等到有軍隊經過，帶頭的將軍就是您——您威風凜凜，如天神般的騎在馬上，我從草叢中滾了出來，跪在您的馬蹄前，向您哭訴著我全家滅門的慘事。

「起來吧！小姑娘！」這是您同我說的第一句話，您聲如洪鐘，可是說話的語氣聲調卻有著出奇的溫柔和煦，彷彿是三月的陽光般的溫暖了我的心；您說：「別哭，別怕，放心好了，我會爲妳作主！」

於是，我抬起眼來看您，從淚光中看您，您滿臉的正氣，慈光，神態間雄姿英發，眉宇間威武俊朗……您也在看我，眸光中是憐惜，是庇護；就在這一剎那間，我的心全交給了您！

那年我十五歲，我在心中暗暗的立誓，此後，無論爲妾爲婢，我都要跟隨著您，侍奉您，無論海枯石爛，地老天荒！

您果然爲我作了主，您派出了人馬，四處搜尋，將騷擾過我家鄉的盜匪全都捉了起來；然後，您讓我一一的指認，找出殺我全家的兇手，將他們全數處死，爲我父母兄嫂報仇。

做完這件事，我向您叩首謝恩，並且不顧羞慚的向您提出了長侍左右的請求。

但是，您卻拒絕了——不顧我的傷心欲絕，您斷然的拒絕了我——只不過，您屏退了左右，向我說出了您心中的苦衷。

原來，您竟是已經佔據了江南半壁河山的洪天子麾下的忠義王；洪天子早年率衆起義，您本是不忍眼見天下蒼生受難，想要藉起義來挽救天下百姓，所以變賣家產，聚衆加入洪天子的陣營，幫著他東征西討，打下了半片天下；卻不料，洪天子在初享權力滋味之際，便逐漸忘卻了當初救國救民的理想，很快的變成了一個耽於荒淫逸樂的無道之君，而當初追隨他起義的諸王，得勢之後也逐漸的被權力所腐化，所追求的便只是財色與權力，更甚的是彼此之間傾軋兼併，互相殺戮。

就在半年前，洪天子朝中的兩王火拚，您聞訊趕去勸解，卻不料也因此捲入了是非場；那原本就忌您功高的幾人，竟趁此時機謀算，殺害了您滿門家眷、部屬五百多人，您連夜縋繩由城樓上逃出，這才脫離虎口；從此以後，您便帶領著陸續來歸的舊部亡命天涯……

「一則是兵馬倥傯，二則是我自身難保；怎忍心耽誤了妳的終身！」

您感慨萬千的說出了心中的話，我明白了——您不是嫌棄我，那麼，我更加決心要永遠留在您的身邊。

「那麼，就讓我留在您的軍中；」我提出了一個退而求其次的請求：「家父本是一名舉人，我自幼從父教，熟讀經史，通文墨，自信能夠擔任文書的工作！」

您躊躇了一下：

「軍中，征戰連年，凶險難免！」

「我已是孤女，若離了您的軍中，弱質無依，只怕凶險更大！」我抱著破斧沉舟的決心，非要留在您的身邊不可，於是我說：「我全家被殺的慘狀……」

您一聽，立刻揮手阻止我再說下去了，而且，我從您的眼睛裡已經可以看出，您會讓我留下來了。

沉思了片刻，您對我說：

「我膝下本有三女，不幸都在洪天子朝中遇害了；現在，我便收你爲義女，算來，妳排行第四，此後我便喚你爲四兒吧！」

心中一熱，我竟情不自禁的流下淚來，雙膝一軟，跪在您的身前，口中稱道：

「孩兒拜見父王——願父王千歲，千千歲！」

從此，我便留在您的軍中，爲您處理文書方面的工作；軍士們得知您收了我做義女，便稱我做「郡主」，於是，您索性便封了我一個名號，喚做「飄香郡主」——我原來的名字喚做丹桂，而且，我最愛桂花的香氣，您便據此爲我選了這名號。

我熟讀經史，明白了您的處境之後，便不免爲您擔憂——您不但腹背受敵，而且失了領地之後便無以立足，帶著部屬四處流竄更易分散實力；於是，我爲您謀策，先要有所據之地，使軍士們屯田，糧秣自足以後才能作其他打算。

「此事，談何容易——」您也明白據地屯田的重要，只是難以實現；您對我說：「我這支軍伍，論處境是進退無路，論實力又微乎其微；我自身朝不保夕還不要緊，就怕連累了妳和跟隨我的數千弟兄！」

「父王，怎可如此說話！事在人爲啊！」我安慰著您，心中卻在做著知其不可而爲的打算。

然而，畢竟是有志者事竟成啊；您帶著部屬轉戰了十年之後，竟然果眞佔據了一座大山。

是在川邊——川道崎嶇難行，蜀山高陡入雲，這本是易守難攻之地，但朝廷的官軍這時正在全力進攻洪天子，這裡的守軍兵力不足，弟兄們居然一戰而捷，攻下了這座山；於是，我的屯田之策可以施行了。

弟兄們開始棄甲務農，人人有了自己的家；「忠義王府」的土木也就在弟兄們的合力下建成了。

您特地爲我加築了「飄香樓」，讓我安居其間……但是，我的心卻日夜的爲您憂煩著。

時局對您越來越不利——儘管您有了自己的據地，力量終究有限；而官軍的力量卻越來越大，他們進討洪天子，越戰越勇，洪天子則節節敗退，原先所佔的半壁河山已經有一半又回到了官軍的掌握……

我引證歷史，認爲洪天子已失民心，其後必亡；在洪天子覆亡之前，官軍無力兼顧其餘，但一等到洪天子覆亡，官軍必然全力追剿於您——這些憂慮，我不敢向您直說，只能藏在心裡，反覆的思索著。

終於，一個偶然的奇遇，讓我想到了一個未雨綢繆的法子——那一天，您從外地征戰回來，告訴了我一件趣事；原來，軍士們在征戰途中救了幾個百姓，其中有一個受了傷的書生，居然長得和您一模一樣；軍士們當作是件新鮮事，來向您作了報告。

我一聽卻驀地心中一亮，於是，我向您要求，請那位書生來見；您當然依了我。

我和他談了許久，問了他的姓名來歷和家世；然後，我仔細考慮了一夜，想淸楚了每一個細節；第二天，我就向您提出了請求，我願意嫁給他——那個和您長得一模一樣的人。

您先是一楞，繼而皺眉，沉默了片刻方始說話；

「妳決定了嗎？」

「是的。」

「爲什麼？」您一針見血的問：「我看他性情篤實，卻無大智大才，充其量只能做個書吏而已；妳一夜之間就決定要嫁他，這卻是爲了什麼？」

我在心中輕輕一嘆，卻避而不答：

「也許是緣份吧！他的相貌像您，我一見即有心。」

您問：

「彩鳳隨鴨，妳不後悔？」

「不，我心甘情願。」

您不再說話了，點點頭，答應了我的請求。

婚後，我和夫婿依舊住在飄香樓中，依舊爲您料理文書箴札……然後，那一天終於到來了。

官軍剿滅了洪天子所部，收復了所有的河山，然後矛頭便指向忠義王所部了。

您的心陷入了愁城。

「我所部不過數千弟兄，十年征戰，已經飽受戰苦，十年屯田，開荒闢田，如今也都有妻有子……」您的眼中滿是悲憫的神色，看著我說話，幾乎要落下淚來。

我仰首看您，您已經兩鬢斑白了，二十年相依相隨，我的心和您靠得這麼近，我明白您的心情；於是，我強咬著牙，對您說：

「父王，您可肯聽我一言？」

「妳說。」

「忠義王府的一切，您就交給孩兒吧！」

我要您命令所有的弟兄，儘速離開這裡，到他鄉隱姓埋名，務農爲生，做個安善的良民，所幸弟兄們十年屯田，都已學會了農事，到他鄉謀生必然無慮。至於您呢，我取出了早已爲您縫製好了的僧衣，讓您換上，再剃去頭髮，必可避人耳目，遠走異地。

「四兒，那麼，妳呢？」您問。

「我？」我怎能說出心中的打算？於是我說：「我已出嫁，理當從夫——」

您慘然一笑道：

「好——」

於是，我爲您剔去頭髮，換上僧衣，打王府的後花園中遁走；然後，我回到房中，命侍兒都退了下去，這才對我的夫婿說道：

「這多年來，父王待你如何？」

他說：

「恩同再造。」

我問：

「那麼，我待你如何？」

「情深意重。」

我再問他：

「那麼，你可願意爲我做一件事情，來報答父王的厚恩？」

「願意。」

「即使是粉身碎骨？」

他點點頭。

「你爲我父女粉身碎骨，我也必有所報——」我含著淚對他說，一面提出了我的要求。

我要他穿上了父王的衣帽佩件，給了他一顆毒藥和一份我早已擬妥的父王自述狀；我要他在官軍圍攻忠義王府的時候，冒充父王，然後和官軍談判，要官軍撤去其餘弟兄的通緝，而後自縛歸降，但要在被押解進京的半途上服毒自殺……

他答應了，我相信他會盡力做到的；於是，我也放心了。

我的計謀是天衣無縫的，有了他的屍骨和自述狀，朝廷便不會疑心父王還在人間的——這便是當初我自願要嫁給他的原因啊！

十年來，我的心機總算沒有白費，父王，總算安然的脫身了，而屬於我的這一刻終於到來了。

我穿戴整齊了，取了我的長劍，準備好了一切，然後，我對天而拜，祈求上天保佑父王，父王，我願您千歲千千歲！

只要您還活著，活得好好的，那麼，我所有的犧牲都是值得的！父王，二十年的相依相隨，在您身邊，我覺得幸福、快樂……直到這一刻，我爲您而死，也一樣覺得心滿意足……

我在鏡前坐了下來，拿起妝檯上的長劍，緩緩的刺向自己的心口，鮮紅的血珠從心口淌了出來……

父王，此刻，您想必已在天之涯，海之角，我則埋身於此……但我必然再轉世爲人，走遍天涯海角，也要找到您，與您相依相隨……啊，父王！

三　了因上人

四兒！果然是你！

即使妳轉世爲筱桂花，我還是認得出來，妳就是我的四兒！

整整二十年了，我就守在妳的墳前，守著妳，守著妳手植的一株株桂花……

是命運的捉弄嗎？四兒，妳我竟相識於兵荒馬亂，流離顛沛之際；妳的深情我何嘗不知，朝夕相處了二十年，彼此相知之深，那裡還需要言語呢？

我受人陷害，竟因而落得一身罪孽；但，四兒，我一點也不怨恨上蒼，得妳一知己，我覺得上蒼已經待我太厚了！

四兒，我出家爲僧，竟得以遁逃於天地之間，而妳，卻爲我而死，又爲我而生……

四兒，如今，妳又回到了我的身邊；就在這桂香縈繞的天地間，讓我們生生世世永遠相依，永遠不再回到多是非的人間，永遠不再分離！

——七十九年一月，躍昇文化公司，「月月花心」

年輕出擊

本名林素珍，民國四十六年生，屏東縣人。國立高雄師範學院國文系畢業。現專事寫作。著有小說集「花自飄零」、「女子情愛」、「我的學生秀蘭」、「情傷」等。

林剪雲

雲破月來花弄影

——臨水自照林剪雲

◉張瑞麟

愛看電影的小女孩

六〇年代台灣的電影市場尚未沒落，一般鄉鎮的戲院一樣放映名片。想看好電影，不需捨近求遠。那時，林剪雲還小不嚨咚，而她家就在戲院附近，也因父親在戲院工作，她出入戲院如自家庭院。只要不上學，她幾乎都泡在戲院裡。也不管好片壞片、中片外片，甚至懂或不懂，她一概照單全收。在這同時，如果沒有電影看，她就窩在家裡看姊姊自書店租回來的書，而且也跟看電影一樣，不管什麼書她都看，才十歲，她一樣看瓊瑤，看張愛玲，甚至讀「紅樓夢」，還讀得津津有味。直到國中畢業，她幾乎沒有錯過任何一場電影或一本經手的書——包括「聊齋」。說也奇怪，她也不是什麼三頭六臂的人物，她卻每學期照樣拿第一名回來，然後也沒有特別怎樣用心就考進了高雄女中。

進了雄女後，她曾因身體不好休學一年，然而，在學校那三年，她仍是個電影迷，偏巧同宿的那位漂亮的同學與她志趣相投，再加上那同學是富裕人家的千金，每逢假日就請林剪雲混戲院。林剪雲的「看戲」生涯又延長了三年，在那三年，她還是不曾好好讀過幾天書。聯考放榜，她落到私立大學去了。她知道父親拖一身病，終年奔波，勉力在養家，實在供不起她念私立大學，只好重考。她的志願只有兩個，都是中文系，一個師大、一個師院。結果以〇．二五分之差掉進了師院。她那樣不曾認眞好好做過什麼事的性格，考上師院，還不太服氣呢。

從此眞的愛上了小說

林剪雲進了大學後，原來也不是很沉默的。但因有一篇在校刊發表的小說，被認爲是在影射某一對熱戀中的學長，被告到訓導處去，林剪雲爲自己辯解幾次後，把訓導人員也惹火了，訓導人員要她公開道歉，否則要重懲她，雖然是一場子虛烏有的寃案，但爲了平息風波，她眞的就貼出佈告大字書寫道：我向訓導處道歉！我向某某學長道歉！……從此林剪雲變得不但內向，而且認生。只好又鑽入圖書館繼續去尋索她心靈的世界。也從此眞的愛上了小說創作這碼事。

多年來，林剪雲所完成的作品並不多。她似乎也沒有刻意要達成什麼遠大的目標，正如同她的人，一切彷彿都隨意隨緣，卻不失一種內斂的矜貴。而你會想不出，究竟怎樣可以給她定位？她不是很招搖那種女孩，妳如果刻意要找她的人，她似乎不知在哪裡。其實，在不經意間，她很眞實的活著，就像茶花，大多時候見樹不見花，有時候，也會給你一種花團錦簇的驚奇。一方面俱見牡丹的貴氣，一方面也不失玫瑰的芬芳。看來不但自信、聰明，而且美麗。以她這樣的性情，怎麼會從不間斷的走著文學的創作之路呢？她自己說，她是天生的文字愛好者。

然而，就我所知，那樣的理由是不夠的。她可以連撕八張稿紙，只爲一個句型，而不動一絲肝火，豈是「愛好文字」所能解釋的？她在她的短篇小說裡所呈現的冷靜、嚴謹的態度，便也能看出她的創作動機。她是恨不能重建理想人性的創作者。她認爲，最高境界的美，是完成「人」；在宗教之前，在哲學之前，甚至在道德規範之前，人都是主人，不能屈就。她的「自我意識」主宰她所有作品的脈搏，賦予她的角色擁有人性的自由。她認爲唯有如此，才能產生比較健全的人格，也是走向和諧人際的關鍵。

從不寫自身的故事

如在長篇「火浴鳳凰」（九歌，一九八九）及「花自飄零」（希代，一九八九）兩部小說裡，都抱持相同的完成「人」的理想。她讓筆下的角色用心身去碰觸現實之冷酷，碰觸道德之反人性，但聽不到她自身的抗爭聲息，她的作品風格（style）就在這方面凸顯出來。她能透視人們在某種情況下所感受到的現實層面的洞察力，也是凸顯她作品風格的要素。福婁拜認爲，小說家的任務是力求從作品後面消失，而不是當公衆人物。林剪雲在她的「花自飄零」中很能表現出她的這一份能耐。值得我們注意的是，「花自飄零」雖不是她第一個發表的長篇，卻是她第一個著手完成的。這等能耐，除了她沉潛而細密的心思所致以外，會不會是因爲她從不寫自身的故事（「血樹」一篇是唯一的例外）？我說，她如果寫自身的故事，可能就脫離不了自我局限的困境，也無法掌握各種角色在必要時所必須具備的疏離效果（Alienation Effect）。從另一個角度來看，林剪雲作品裡最弱的一環，也正是缺少這種因於自身經驗而產生的歷史意識，對她而言，有一得也有一失吧？

然而，對於興趣所在是「人」的林剪雲而言，這種歷史感的必需或未然，似乎也是見仁見智的吧？就有人說，小說時空要明確是迷信；還說，歷史感沒有多大意義。看來林剪雲也是可以不必在意歷史意識之類的要求的。這也使得她在創作小說時，會那麼得心應手。

玲瓏俐落，愛與眞誠

如果說長篇創作使林剪雲看來心思沉重、嚴肅，那麼小小說剛好是她的另一面：玲瓏俐落。其實，平常的林剪雲也不像她的長篇說部。她那種又似沉思又似無魂無魄的恍惚模樣，根本上還是少女情性。好比說，她從朋友家出來，會忘了穿自己的皮鞋，就★著友人的拖鞋回家，你會疑惑，她究竟心思何事？這一類懵懂事跡，實在令人無法聯想她在經營她的小小說時，又是什麼樣的心境？我認爲，在她的諸多長短篇作品中，她把「人」處理得最好的，正是她的小小說。

她能在那麼小的篇章裡，完成人的某一種屬性，而且那麼準確，若不是她也具有哲學思辨的能力以及强烈的感受力，恐怕不是一朝一夕能及的。如她獲得小小說首獎的「髮」這篇作品，不過是她諸多精彩小小說的冰山一角，在一片以大部頭長篇巨構論高下的文壇中，我獨偏愛她的小小說。她在她的小小說中所傳達的眞誠與愛，簡直不沾絲毫倣傚與借引的痕跡。托爾斯泰在「藝術論」一書中說，眞正的藝術品必須是作者本身的情感流露出來的事物。這也是林剪雲努力演練的準繩。以她的纖細及悲憫情懷爲基礎，她的作品應越來越可觀。我相信她的小小說一旦集印成書，其評價勢必超過她的長篇及短篇集。

在越來越重視包裝與宣傳的年代裡，能不譁衆取寵、沽名釣譽，還肯用心去磨礪自己的作品體質的，林剪雲算是一個特例，或許我們可以對她寄以厚望。

——七十八年四月，文訊四十二期

〈林剪雲作品〉

茶花弄晚

女子生就菜籽命，
隨著姻緣造化，
父親再如何寶愛她也無能替她捏拿，
她無怨，
一切都是命啊……

「砰」一聲槍響劃破了凜冽的空氣，直傳到對面的遠山，相隔不到一分鐘，第二聲槍響……

乍然驚醒，天亮了，日光由紗窗篩透進來，將窗外的茶花映得彤紅，像濺在玻璃上的幾團血跡。

玉茗拭去鬢邊冷汗，兀自甩了甩頭袪除殘夢，這才想到，昨晚宛庭回來了。

向來弄妝梳洗遲的宛庭，居然起個大早，歪在沙發上翻閱報紙，笑靨粲然地擡眼看她：「等著妳一起吃早餐哩！煮了一鍋稀飯，還煎了荷包蛋。」

她眉毛挑得老高，半讚許半調侃：「開始學做賢妻良母啦？」

微寒的清晨，中庭花圃飄來帶著霧潮的花香，鳥聲啁啾，母女倆相對吃早餐，空氣寧謐且愉悅。

她在心中滿意的嘆了一口氣，抬起頭來端詳宛庭；她也正委婉地瞧著她，眼神溫柔：「媽，妳跟我們到澳洲去吧！」

「我昨晚不是跟妳說過了嗎？妳跟延嗣結婚與我不去澳洲是兩回事。」

「當然有關係，」宛庭堅持得厲害：「妳不肯跟我們到澳洲去，我就不跟延嗣結婚。」

「妳這孩子……」還是將話嚥回肚子裡去，退讓地說：「我再想想吧！」

歡愉的氣氛還是飛逸無蹤了，各懷心事地低頭用餐，入口盡成苦澀。

待母親離開餐桌，宛庭一邊收拾殘局，眼淚也跟著潸潸滑落。

她不明白，母親到底在堅持什麼？昨日歸來，白天跟著她忙碌幼稚園大小事情，小朋友的追逐喧嘩妝點得處處熱鬧；夜來，偌大的家園浸漬在岑寂的黑暗中，躺在床上，風吹草動都成聲響的闃靜竟攪得她不能成眠，方驚覺，就要遠離這個她從小就恨的地方了，她還是毫無留戀，當年大姊、二姊先後遠至臺北求學，後來隨著姊夫飄洋過海至他鄉異國，也是她這般心情吧！而母親戀棧這個除了孤寂還是只有孤寂的地方些什麼？

玉茗悄悄拂去溢出眼角的淚珠，站在窗前，女兒在廚房裡洗滌碗筷的聲音清晰地傳入耳來，心底幽幽掉落了一聲嘆息，她眞的長大了，開始懂得她的寂寞，可是人與人之間生命際遇的鴻溝任誰也跨不過去，即使她是由她體內孕育的生命，她就眞能曉識她的肚腸？

茶花弄晚歲，正是綻露清芳的季節，有牡丹的富貴氣、玫瑰的嬌模樣，卻睥睨枝頭，一副等閒不與人同的孤芳自賞。

父親生前最愛茶花，爲她取名玉茗，花開時節，牽著她的手遍賞枝頭山茶，愛憐地瞅著她說：「陸游的詩說：『釵頭玉茗妙天下』，白山茶格韻最高啊！」

不知是稱讚花，還是自家女兒？

孟卿喜歡採一朵往她鬢邊插，埋怨他不知惜花，他笑著在她耳畔低語：「這才叫花面交相映啊！我是眞正的惜花人。」

輕推了他一把，和羞走、倚門回首，取下鬢邊的茶花聞嗅。

趁著孩子入睡了，與仲卿躡足偕行下庭階，此時，花明月暗飛輕霧，山茶淡香因風直沁心脾，樹影濃處低低語。

仲卿的手漸移至她已隆凸的腹肚：「但願還是個女孩子。」

她眉頭輕顰：「爲什麼？」

「那我們的家就是不折不扣的美人窩了。」

抹去手上水漬，走進客廳，待出聲問她要不要跟她一道上菜市場，延嗣電話中說今天中餐以前會趕來，只見得母親又倚著窗凝望窗外的山茶出神。

母親愛花，尤其鍾愛茶花，她長大後才曉得她的閨名就是白山茶的意思，而她娘家本姓即是白，她實在驚異於外公這番雅致的情思。

據說，母親待字閨中時，在府城當地有第一美人之稱，稍解人事之後，她絕美的容顏常令她望著她怔愣。

但是她最怕別人稱讚她繼承了她的容貌氣質，記得高中時，年輕的數學老師看著她上了一堂課，下課離去時猶回首瞻望，同學爲之起鬨：「在他眼中，我們全班只有妳一個學生。」

她咬著嘴唇不吭聲，後來趴在桌上哭了起來，同學錯愕不已，那個女孩不喜歡人家注意她誇她漂亮?只有她自己曉得，她害怕自己跟母親一樣美麗。

記憶中最深刻的印象就是，她站在窗前凝眸深思，母親的五官有東方人少見的鮮明，但線條柔美，學畫的大姊曾驚讚地說：「就像畫室裡維納斯女神側面石膏像。」

但是，石膏像在季節的更迭裡永恆不變，母親的容顏則在一成不變的姿態裡一點一滴老去。她後來根深柢固的觀念是：美麗就等於寂寞。

她輕咳了一聲：「媽，一起去買菜吧?」

玉茗心中鏘然一驚，女兒穿過眼中迷霧嫋嫋而來，恍惚間，彷彿年輕時候的自己迎向現在的她，父親將她捧在掌心呵護，自得的嘆息：「玉茗，玉茗，世間那個兒郎配得上妳?」

自日本留學歸來，還習得了琴棋詩畫與茶道、花道，盡得日本女子的風姿娜美，轟動府城，媒人絡繹不絕。

選擇李家于歸，一來同是名門望族，門當戶對，二來兩家家長是留日同學，世交之情不比尋常，孟卿父親爲了求得佳婦歸，屏東、臺南兩地奔波，父親爲他這番赤忱感動，雖然萬分不捨，依舊作主將她遠適李家。

父親臨終前，執著她的手，老淚縱橫：「妳這一生是我誤了，當初若非選擇李家……」

若非嫁入李家，今朝又是何等生命情境？女子生就菜籽命，隨著姻緣造化，父親再如何寶愛她也無能替她捏拿，她無怨，一切都是命啊……

母親眸光迷離，神情淒楚，她不忍心起來，跟大姊、二姊一樣在臺北讀完高中、大學，又留下來做事，她其實很少想起這兒，甚至也不常想起她，直到延嗣跟她求婚，並且計畫婚後移民澳洲，不知怎的，她孤獨的身影突然在她心版鮮活起來。

像今天，星期日，連煮飯的歐巴桑都休假，寂寥的庭園像張灰灰沉沉的蜘蛛網，也許白天的時間還好打發，而每一個完全屬於母親獨自擁有的清晨夜晚呢？

伸手挽著她胳臂：「上菜市場了啦！延嗣要趕來跟我們一道吃中飯。」

菜市場回來，母女倆在廚房忙著洗洗、切切，她開口問道：「爲什麼非去澳洲不可？留在臺灣不好嗎？」

跟父親一樣，她也無能替女兒走人生路，可是越走離她越遠，她一顆心也跟著上不著天下不著地。

她偷笑在心頭，母親擔憂些什麼呢？以爲澳洲是蠻荒異域？是不是因爲這樣的誤解，她才不肯與他倆同行？

「延嗣不喜歡臺灣嘛！哎……」

她已經一刀切在食指上，鮮血隨即冒出；宛庭趕緊找來急救箱爲她包紮。

「延嗣——也搞政治嗎？」聲音忍不住輕顫了。

「與政治無涉，他嫌臺灣交通混亂、飲水污濁、空氣污染、競爭壓力過大、居住環境品質惡劣……反正，他牢騷一堆數不完。」

蹙結的眉頭展平了，彷彿傷口沒那麼痛了，兀自點了點頭，也不知是說給她還是自己聽：「怎麼生活都不要緊，只要不涉足政治就好！」

看了母親一眼，話鯁在喉頭卻吐不出口，淡淡說道：「中餐我來就好了，妳休息吧！」

其實到那兒定居她都無所謂，自信可以適應環境，而且跟延嗣聯手創業起家。延嗣出身農家，長得也不好看，但渾身是勁，整個人煜煜耀耀得彷彿是陽光之子，跟他在一塊兒，自小籠罩在陰影下的心靈逐漸明亮起來，可是，誰來卸除禁錮母親心靈的重枷？

將急救箱放回客廳櫃子內，其實外頭的空氣也不像母親所想像的那般凝滯了，上次回來，她首次打破這個家的禁忌，將報紙刊載楊亮功調查二二八事件的文獻報告拿給她看，還大肆批評，很激動地說：「這實在是一齣最愚蠢的歷史悲劇，自己同胞互相殘殺……」

母親竟是置身度外地漠然，彷彿事不干己，精神幽深荒渺，也不曉得聽進去她的話沒有，她洩氣起來，母親突然嘆氣道：「這是我的命……唉！」

抬頭瞧了瞧壁上大伯與父親的遺像，很不相干地叉手抱著胸，大伯倜儻，父親儒雅，微翹的唇角顯得胸中自有丘壑，大伯稱得上是美男子，論深緣耐看則讓父親，怪不得當初母親下嫁父親，才子佳人的傳奇故事轟動遐邇，迄今老一輩的還津津樂道……

「怎麼這樣看大伯和父親呢？」

猝不及防，她臉面一陣燒燙，趕緊往廚房竄去。

她在心中搖了搖頭，怨不得孩子態度欠恭敬，所謂父親，大概只是好事村姑野老口中的演義人物。

斜倚沙發上，矮几上花瓶內幾株茶花，今晨初剪猶帶彤霞曉露痕，依舊芬芳冉冉，她卻已開始嗅聞到敗壞的氣息。

也抬頭凝注牆上的兩兄弟，任憑歲月催人，記憶中的面龐不曾改變，醒時睡落還聽到仲卿蜜蜜柔柔輕喚她：「玉茗，玉茗，我不會再離開妳了，不許哭了，嗯？妳的擔子我來挑——」

二二八前夕，局勢很亂，人心惶惶，孟卿鎮日在外奔走，她很擔憂。

「你不要管外頭的事了——」

朱門一關，危牆深聳，正是花飛鶯啼好時節，嬌兒呢噥聲婉轉，又何必過問紅塵是非？

孟卿一言不發，分別抱了抱兩個女兒，深深看了她一眼，然後轉身頭也不回的直赴大門外的世界……

再見到他，他已跟鄉裡頭另幾位士紳橫屍一棟會議室內，屍體被子彈穿射得支離破碎，她滿地亂爬，血塊肉堆裡翻尋，竟是無法補綴個全屍歸……

仲卿撂下學業，自日本趕回，喪葬事宜由他一手扛辦，她鎮日昏昏茫茫只是抱著孩子哀泣。

直到自崩天坼地的傷痛中逐漸清醒過來，方驚覺有一對關懷的眼眸，總是隨時留意她的一舉一動；有一雙善解人意的手，每當她悲慟不能自已即悄悄將孩子帶開。

她試著去捕捉那份關懷背後的眞義，仲卿又迴避起她來；她也爲自己大膽的心思驚嚇不已。

一日兩人商量家中事宜，並肩行過荷花噴水池，正聽到叔卿與季卿起爭執。

仲卿問他兩爭吵的緣由；季卿來不及摀住小弟的嘴，叔卿已嚷嚷起來：「二哥，三哥跟我打賭你喜歡大嫂。」

她不知道自己是怎麼走回房裡的，坐在梳妝臺前怔愣了老半天，猛一回神，日已偏西，夕陽襯得窗外盛開的山茶紅艷如火，恰似她鏡裡的容顏。

隔不幾天，仲卿來辭行，眼睛瞟著窗櫺說話：「該回日本了，學業已經耽擱了一年多——」

她點了點頭，不知道說什麼的好，待他轉身離去，她眼淚墜落紛紛。

此後，她很少再哭泣，默默主持家務，學習經濟。

東瀛捎來仲卿的訊息，信中也問候了她，婆婆代為致意，她只是聆聽，沒有講話。

倒是婆婆，斜眄室外戲耍的叔卿，問了：

「你和仲卿——其實，叔娶嫂，早有古例……」

她神色凜然：「妳以家長的立場要這麼做嗎？」

婆婆也默不作聲了。

再見到他，孟卿三週年忌，陪著風塵僕僕的他走過庭階，兩旁山茶綠葉深濃，他駐足觀看：「今年的茶花會開得很美。」

她淡淡一笑：「冬天的事呢！還得等待好幾個月光景。」

進屋子之前，她彷彿不經心問道：「這回，什麼時候走呢？」

他含糊其詞：「待不多久吧？還沒作決定。」

她揚眸看他，他也正凝視著她，卻是無言。

匆匆收回目光，待要進屋裡：背後傳來他一聲深深地嘆息，攬她入懷，情意切切：

「我實在熬不過相思苦楚啊！玉茗——」

靠在他胸前，淚水成河一路澎湃，宛似這串昔日的矜持與等待，只爲盼得他這一聲眞心的呼喚……

她的擔子他來挑，從此夜月一簾幽夢，春風十里柔情——意圖顛覆叛亂？土城監獄兩聲槍響，今生今世的美夢乍破……

她可憐的孩子啊！未出娘胎即從此不識爹面……

「媽！媽！妳不舒服嗎？」

一雙强而有力的臂膀猛地攙扶了她一把，她狂亂地在半空中攫抓的雙手有了著落點，劇痛渙散的心神方逐漸靜定下來，一抬眼，接觸到延嗣關懷的眸光。

「沒事，老毛病發作，有點兒心痛——什麼時候到的？」

「剛剛才進門——你眞的不要緊吧？」

聽宛庭提過，她心臟有毛病。年紀大了，又一人獨居，怪不得宛庭擱不下心來。

她微笑著搖了搖頭，方發現還抓著延嗣的手，他的手掌厚實溫熱，彷彿荊天棘地也可以闖出康莊大道，很能讓人產生信賴感。

忍不住將他的手心翻上來，瞧個端詳。他的感情線深而且直，宛庭交給他看來是沒錯了；又看了看他的事業線，說：「你的事業線長得好，到澳洲去可以做出一番事業。」

「是嗎？」他也頗感興味地瞧了瞧自己的掌心。

聽見他們的談話聲，宛庭急急忙忙自廚房出來：「聊些什麼呀！」

他擡起頭來衝著她笑得眉飛色舞：「媽幫我看手相呢！她說我會事業有成。」

宛庭斜覷了母親一眼，似笑非笑：「媽就是相信這些。」

她沒多說什麼，揮了揮手：「延嗣去廚房幫宛庭的忙，開飯時再叫我。」

望著他倆年輕的背影，正當青春，總以爲人定勝天；命中注定啊！她相信……

公公將龐大的家產析與她四分之二，臨終前對她依舊滿心滿懷的愧疚：「能守妳就守；不能守妳就改嫁……」

是她的命呀！她無怨——

出嫁前，卜者捧著她一雙纖纖巧手，眼中盡是恐懼：「可惜，可惜了，這麼美麗的手……斷掌哩——」

「鏗鏘」一聲碟子摔破了，延嗣不爲自己的笨手笨腳感到抱歉，倒抱怨起那麼大聲響：「嚇了我一大跳，妳家實在太靜了，鬼域似的，剛開始頗羨慕妳家佔地這般廣漠哩！虧妳媽待了幾十年也沒怨言。」

「以後我們的房子不用太大，一家幾口擠一擠比較溫暖，有箇小庭院種種草坪就夠了。」

「妳媽還是不肯跟我們去澳洲嗎？」

「否則我幹嘛要你自臺北趕來？她不曉得將澳洲想成什麼洪荒未啓的野蠻地方，你要將你所了解的澳洲講給她聽，最好有資料讓她信服。」

「讓我來，師父出馬，馬到成功。」他望著窗外中庭的山茶：「好奇怪的花唷！都枯萎了，還整朵好好掛在枝頭。」

她不經意地也往外頭睨了一眼：「茶花呀！落英繽紛、飛花片片不適合拿來形容它，最死心眼了，抱著枝頭死，然後整朵掉落地面……」

她突然不說話了，半凋的花面竟然隱隱透出母親那雙深邃如海，她永遠猜不出悲喜的如謎眼眸，她微微顫慄起來……

——七十九年四月，晨星出版社，「茶花弄晚」

民國四十六年生，河南省人。市政專校公共工程科畢業，現專事寫作。著有小說集「脫軌」、「叮噹貓的夢」。

李若男

◉唐娟
不由理性塑造，而從感性呈現
記李若男

童年的夢魘，成爲刻骨銘心的文字

外型文靜、秀氣的李若男，眞實有一個與名字相仿的性格，紫微斗數是太陽坐命，或許這更表達出她爲人熱情、富同情心、眞實的特質。經過多年的交往，深知在她隨和的外衣下，眞實深藏著一顆孤獨與憂鬱的心。

她的童年，在一場大火中提早結束。而這場大火的火首，竟是與她們朝夕相處，情感至深的鄰人們；爲了取得保險金，出賣了村人，不惜放火燒屋，殃及了她的家。那場火，燒毀了她及兄妹三人上學的課本、制服、書包。她的老師買了全新的送給她。那場火，讓她童幼的心靈初次體會到人性的善惡，使她比同年齡的孩子早熟，也培養出堅強獨立的個性。她的父親也因這場火，燒得家貧如洗，因而抑鬱而終。所以，在她成長的歲月裡，隨和的待人處事中，總會抱持著幾分謹慎與冷靜。而經過她認知後而了解的朋友，她付出的，卻是全部的眞實與誠摯。

童年這場刻骨銘心的經歷，在她的小說創作和生活思想上留下很深的痕跡，她的一篇「黑彌撒」中，有極深刻翔實的描述，那並不是她的第一篇小說，但卻是她多年苦苦用心思索，想藉文字揭開人性眞僞的眞正企圖。她一直不敢動筆去寫，直到當年在火場中挺身而出，伸手救援她的家庭的神父過世，而當年縱火的鄰人，反而過著富裕堂皇的日子時，內心的矛盾不平，終於促動起內心隱逸多年的弦，她想在因果之間尋求答案，卻徘徊、掉進沒有答案的深淵中……。寫完了那篇文章，她整個人瘦下一大圈。藉著文字的宣洩，似乎把多年苦惱激動的心情平撫了下來。這篇用心、傾情、滴血的文章，在第一屆聯文小說中，獲得了評審一致的推薦。

處女作即一鳴驚人

她在少年時代，家中最豐富的，就是藏書與雜誌。她常蹲在水泥地上翻閱書籍、神遊於其中。最喜歡看的就是「青年世紀」裡多產作家盧克彰先生的作品。專校時代，她唸的是建築，值得一提的是，除了寫作，她畫得一手好畫，認識她的人，多半知道她的畫，而非寫作。在課暇，每日中午，她固定在學校圖書館任工讀生。架上排排的書，更令她留連。她的哥哥在那時進入大學中文系，常常引發她看書的興趣，「張愛玲」的小說，就是因哥哥的推薦而令她入迷。學院出身的哥哥，對這位酷愛讀書、寫作的妹妹，有啓蒙之功。她那時在學校的作文比賽，就常居領先，成爲校刊記者指定的約稿人。她的國文老師因而私下將班上同學的作文交給她批閱，報酬是一冊冊厚實的古書。

我那時唸的是大學中文系，一次因忙於期中考，而耽誤了交小說作業一篇，臨時求救於她，她先遲疑推拒，後經我再三催促，於是答應試試。三天過後，她眼圈泛黑地交給我一份稿子，我忙交差了事。沒多久，小說成績發了下來，爲全系最高分，不但在校刊上刊了出來，還得了系上文學獎，那是她熬了三個夜晚的成果，我非常不好意思，當我告訴她這件事時，她驚愕得面色發白，似乎被嚇住了。忙道：「下不爲例」，那是她的第一篇小說，稿子現在仍鎖在我抽屜的最下層，只是已霉點斑斑。之後，她狠躲了我一陣子，理由是怕我再去找她「寫作業」。我沒有，但以後，無論我再怎麼努力寫作，始終沒有再獲得那樣的成績。算算也是十多年前的往事了。不知她還記得否？

內心燃燒著創作的火焰

出了社會，有次，她要我陪她參加「中副作者聯歡會」，不爲別的，只爲親眼目睹她平日崇拜的幾位作家。看到了羅蘭、朱秀娟、趙淑俠、林海音女士們待人親切，展現出除了寫作，在生活中活生生的一面。她靜靜立在大廳一角，嘴角泛著笑容，細細地欣賞她們，手輕捧著中副贈送的厚疊稿紙，臉孔都亮了。或許她內心燃熾著的創作力量，正向外蔓延開來……。那次她刊在中副而受邀請的文章，不是小說而是散文。

她進入卡通公司工作後，因卡通影片出片具時效性，常常忙得日夜顛倒。天生敏銳的觀察力與感受力、善惡分明的執著，使得沉浮在表面標榜著製作純眞童稚的卡通，私下卻人事傾軋，勾心鬥角的公司裡，她的壓力相當大，好陣子寫不出東西來，經過了一陣心理上的調適，她的心又重新掙脫開來，給自己開了一扇窗子，又重拾起筆開始寫。她以卡通爲背景，花了兩年的時間，寫成了「叮噹貓的夢」，這個體裁特殊、詳盡地剖析台灣卡通界的滄桑史，在第二屆聯文中，入了決選。

在寫作時，最能引發她思路的，是在每天清晨初醒，上班的那段車上時間，她可以感到思緒、字彙、情節正如流沙般浸淫透蝕著。往往人沉淫在一段情節，而過站忘了拉鉛下車。她口袋裡細細碎碎放了許多小紙片，全是旁人看不懂的鉛筆字。然而她的寫作態度相當嚴謹、緩慢。作品產量並不豐富，沒有一篇不是經年累月的細細推敲、慢慢醞釀，一而再，再而三的修改。奇怪的是，她在創作過程中很愉快，而每當她結束一篇稿子，她變得消沉，有時竟完全推翻自己的作品，這或許和她追求完美的個性有關。

有陣子，她爲了能專心寫作，特別買了張方方正正大型書桌。然而買來後，卻從未見她在桌前寫稿，客廳一角的暈黃暗黯的燈光及一把隨意的椅子，才是她眞正寫作的場所，「眞正坐在桌前，我反而一個字也寫不出來，還是隨興的好。」她這樣說。從未見過她下筆就直接在稿紙上，而是經初稿、複稿、而定稿，一篇稿子通常要經過她不厭其煩地謄整三次。多年來，她的指頭也因此而磨出相當大的繭，偶爾隱隱作痛。

大膽剖析卻憐憫體諒

結婚五年，除了上班，她的家居生活極簡單，家就坐落在碧潭橋畔的小山上，依山傍水，寧靜的環境，頗適合她淡泊的個性。在家時，她喜歡理家，陽台上滿佈自己親手栽種的花。愛熱鬧的先生常笑她離羣索居，但奇怪的是，永遠有朋友主動上門去找她，在朋友中，她是那種熱情、溫暖、週到、進退有分寸、能傾聽別人的心聲、能抓住別人心的人。她那好脾氣的先生，夜裡看到仍埋首於稿紙裡的太太，總會體貼地送上一杯熱茶，然後悄悄退出。他是她作品完稿後的第一位讀者，每當她寫完一篇文章，她會唸給他聽，要他給意見。一次冬夜裡，當她讀完一篇近七萬字的中篇時，她的先生毫不覺東方已白，仍興致勃勃地給她意見。先生的關愛，也是構成她持續寫作的力量。

她比較喜歡寫她本人或週遭朋友的眞實生活的感受和經歷。她所選擇的小說體裁，不以曲折驚人的情節取勝，較著重於現在女性心理，風格近似英國女作家凱薩琳・曼斯斐兒的作品，善於貼切地描繪女性心理，筆調細緻，嬌俏、略帶諷刺，善於描繪兩性間微妙的心理，很能把握兩性間內心深處的動顫，使之流露到語言行爲上。她筆下的人物個性，沒有絕對的善與惡，只有在面具下掙扎、喘息。她每每會花些功夫在人物的衣飾與言行上，而由此烘托出人物的內心世界。談到諷刺，與曼斯斐兒不同的是，她諷刺的對象，不只是男性或女性，還有她自己。有時覺得她過於殘忍與銳利，彷彿她的筆不是筆，而是外科手術用的刀，鋒利又無情，但在她坦白而大膽地剖析兩性心理及愛慾的面紗後，又可以感受到她憐憫體諒的心境。她深入現實加以精密地觀察後雋麗的描繪，不是由理性去塑造，而是從感性去呈現。她在選用題目方面，往往和內容相反，採用諷刺，看過後會引起一種會心的微笑。陳怡眞小姐曾在「時報小說新銳」一書中，對她的文章有這樣的評述：「刻畫現代人不設防不確實、脆弱的靈魂相當細膩。」

她的文字具功力，描繪手法細緻、氣氛之蘊造、剪接題材、技巧純熟，此均屬上乘，唯藝術貴在蘊藏，若能收斂文鋒，而在主題表達上多琢磨，加强生活歷練的話，以她本身既有的條件及潛力，在明日的文壇上定放光芒。

今年是她的豐盈年，辛苦地寫了多年的作品，今夏即將匯集成册，由聯合文學出版，她最要感謝的，是作家吳鳴先生的大力提攜，多年來，他一直不斷地鼓勵她。此外，結婚五年的她，今年即將要作媽媽，她要感謝無論在生活或工作或寫作中，她自始至終的伴侶，她的先生。

——七十八年六月，文訊四十四期

〈李若男作品〉

舊情綿綿

戴著別人的眼鏡，
去看這社會，這人生？
而眞正的自己又活在那裡？

閒談時，她曾對同學們這樣說：「如果有一天，我發現我先生有外遇了，我所要去作的第一件事……就是，上東區買一套上萬的名牌衣服，昂貴的化妝品，再找一家情調高雅的西餐廳，好好吃一客上千的牛排，爲了家，我一向都這麼苦自己……」可是，沒想到現在……。

她舉起話筒，思緒還沒有從桌上繁亂的系統分析表上抽離開，心思游移，機械地漫口問道：「我宋玉，請問你那位？」「是宋玉？我關宏明呀！」先是愕然，倏地，她的意識如失去方向猛然衝撞的火車……「啊？關宏明？」這三個字緩緩由記憶的一隅升起，模糊中逐漸凝集起完整的個體，她意外地，微高不自覺的音調，引得四週偶爾拋來一兩眼猜測、敏感的目光，無論勾劃濃似埃及艷后型、亦或冷淡的小三角眼，看來全是換了包裝的丈夫的眼……。她覺得不方便了，忙低聲道「你等一下，我換個話筒，你別掛啊！」急切地，近於懇求地，連自己也意外了，如同上司召見般捧著惴惴的心，飛奔到另一個幽靜的角落。

「我剛從美國調回來沒幾天……，昨天打電話到妳家，聽伯母說妳結婚了……」兩邊的話筒頓時沉寂，她從未有嫁給他的絲絲意念，就是以往他猛烈追求她的那段時日，她也從未把自己的未來去加諸於這個人身上，即使是幻想也沒有。但是現在，她沉靜著，有點延挨的意味……。雖然他們之間連承諾也沒有，但她仍喜歡，或是迎接這將將疊架起的另一種編織的世界……。她想偷偷塞點東西進去……。對面一盞經由專家設計嵌在牆角轉折處的立體鏡子，經過特殊處理過的折光鏡裡，排疊出三個緊握話筒的她，她微微偏頭，又閃出來幾個，一個深似一個，她被自己嚇了一跳，分不清那個是自己，她一向就看不清楚自己……。

他這片刻的沉寂，彷彿在悼念一個死去的朋友，或是一段逝去的戀情。她避開鏡子，試圖去沾染上他的情懷，然而她只覺得微渺，銜接不到他的世界裡，觸摸不到他的感受。

「你結婚了嗎？」她終於想起自己該問些什麼，「還沒有，」他衝口而出，有點高興的語氣，這句話使他有種被關心的感覺，而她眼睛一亮，這句話對她則是多大的奉承，除卻巫山不是雲吧，她想。偏了偏頭去尋鏡子，朝自己溫柔地一笑。

「妳有孩子了嗎？」他試探地問，「沒有，不打算生，現在這種社會型態，生孩子幹嘛？父母盡一輩子的義務，到頭來，孩子也未必會孝順。」前陣子她還計劃著生個孩子呢，現在，驚訝自己居然這麼說，「對，妳這種論調我贊成。」他興奮地道。聽他這樣說，她彷彿在鏡中朦朧地鈎勒出一覽平淡的婚姻圖；天將亮，先生為趕交通車，在她沉睡中就走了，持續一天繁冗的工作，晚上依舊是加班，鑰匙環握在手裡，清早逐一關鎖，夜晚逐一開啓，公寓的大門、房門，金屬清楚轉動聲，唯一的娛樂，就是逛街，各懷心事地在人羣中混走一陣，回家、睡覺……。她開始向他描繪，亦試圖說服自己：「現在這個社會，夫妻倆各忙各的，感情愈來愈淡薄，誰也不心疼誰，若是合不來，生了孩子，問題就更複雜……」她奇異自己居然處處迎合他，給他製造機會，讓他亦能鑽進她將將撐架起的那個無人洞悉的世界。甚至她開始後悔以前那封拒絕他的信，寫得那樣强硬，沒給他和她留下一絲餘地。他聽了她的話，就更進一步道：「不曉得妳信不信，前兩天，我去看傢俱，看中了一組五萬多的沙發，款式相當氣派，後來又看了床組，老板說，如果我連床組一起買的話，算七折，當時，我想，我一個單身漢買雙人床也用不著，況且，那實在很敏感，好像提醒我該成家了……後來，我還是買下了。那晚躺在床上，澈夜失眠，相信嗎？我一直在想妳……然後，我把妳的照片拿出來看……，唉？糟了，我是不是冒瀆妳了？抱歉，妳生氣了？」這是他當年追她時，最常掛在嘴邊的話，他太重視她了，處處用「冒瀆」這兩字眼，更養成她那時高高在上的驕態。她的心突突地跳著，緊握著話筒，就彷彿緊握著一線生機，雙頰緋紅、耳根子熱辣，直直炙上來，其實，她根本不在意什麼冒犯不冒犯，反而喜歡極了，好久沒聽這樣甜軟的話了，在平淡熟悉的婚姻氣味之中，無疑地，注入了一劑鮮活的强心針。如酵母乳般，立刻產生作用了……。此刻，她關心的是那張相片，應該是十年前的相片吧？是那一張呢？她長髮比較好看，還好她現在仍舊長髮披肩，可是，面龐呢？天天見面，倒不覺得變，最怕就是相隔這種十來年漫長的一段時間，胖、瘦、美、醜，立見揭曉，女人最經不住的，就是這種殘酷的考驗，蜜粉不知蓋得住不……?!

赴約的頭天晚上，燈下，她細細審視，曾被人嘆爲晶瑩如草上輕顫的水珠的眸子，光澤轉黯，眼眶下，隱隱沉澱半月型黑暈暈的斑痕，面積上沉甸甸的膩黃，透不出自然的嬌俏灘紅。笑的時候，順著鼻峯兩旁，折擠出放射性扇狀極細的線紋，唇上，一抹淺咖啡，咬緊了唇，鬆開，是更深濃的咖啡色，彷彿吃多了滾燙的食物，唇面焦灼，過去不施脂粉就韻味天成的臉，而現在，不多費些時間化妝，是怎麼也不敢見人的，這些年，終日埋首工作堆裡，每天抹濃了臉進出人羣，很少注意自己卸了妝後所剩的青春。奇怪，也才三十四呀！上帝給女人引以自豪的面容，期限也未免太短促了，什麼叫成熟的心智？內在美？若不配上一張裝飾炫人的外貌，那樣的「成熟」就該易名叫「滄桑」了吧！

不照鏡子，或可稍稍沉醉，照了鏡子，簡直勇氣盡失，接著，她開始安慰自己，爲什麼不假想一下，十年的歲月，他也許變化更多，原本方頭大耳的面貌，經過他所投身的職業的一番洗禮淬鍊後，五官仍能適中地掛在原處嗎？政治界原就是一個讓人臉譜拼湊得來不及換的舞台，上半部眉開眼笑，下半部也許掛的是張冷漠陰狠的嘴，即使他只是個旁觀的記者，也很難不受到絲毫影響……。無論怎樣，舊情人之間是沒有政治可言的吧?!到頭來，也許他的五官沒變，而僅僅是撐墊的那張布幕，經歲月的風吹起，微微起了皺痕而已……。她更擔心自己了。

他電話裡的話語，在她心中安置的那架錄音機裡，一字不漏地重複著，如同沖洗底片的藥水，爲她濾色紙單色調的空間裡洗出了五彩，鮮明立體。她揀視櫥櫃裡的衣裳，企圖揀出滿意的一套，這到底是件大事，翻揀之間，卻覺得似乎總少了那麼一件像樣的衣裳，買一套吧！少說三千塊，還沒見面，尚不知値不値得作這樣的投資。嗯！這套白衫還不錯，能銜接、喚回十年前那片段淸新的印象？哦！那套黑紗蕾絲也可以，蠻附合現在年齡的成熟味，能增添幾許神秘感……。從也沒背著丈夫單獨地和異性吃頓飯，在現在這種社會，還這樣保守，簡直土。其實，吃個飯，算得了什麼呢？所謂的異性朋友，也只是朋友的另一種稱謂罷了！旣是這樣，爲什麼瞧見牆上懸掛的那幸福不二法門的結婚照片時，內心卻覺得畏畏地……，見面的地點，安排的很隱密呀！擔心什麼呢？倏然間，她有點索然寡味了，但卻又胸口滿溢，那飽和的情緒海水，彷佛要氾濫開來，到底什麼都經驗過了，她懵然地知道，這種交往唯一可能發展下去的，便是肉體……。手指觸摸到櫃裡一角掛著除了新婚時穿了幾次，就封箱絕底的那款蟬翼胸衣，肌膚一陣酥麻……，到底，到底自己想作什麼呢……。

他，身著鐵青西裝，寬大的胸架，似國劇裡大花臉綢衣裡綑了厚墊肩。這使她憶起學生時代，他常在信裡重複著國事千斤重擔一肩挑的豪邁。白裡透紅的膚色，珠圓玉潤，套著的臉譜是眉宇間一抹胭紅的動情小生。烏髮上，薄薄添了幾絲銀白，散放著邁入盛年的成熟。他高高地立在階梯上，她拾階而上，覺得他立在那兒，給人的感覺是透過台下的觀衆席往上看演員立著的角度，彷彿透過放大鏡，他膨脹臃腫了許多，那是個類似他面龐的人，她不放心地環顧一下四週，怕認錯了。

當他倚車門向她揮手時，上流社會的富豪氣息，在舉止間顯露無遺。她登上了最高的一層階梯，並步近他，他無避諱地直直投過來冷靜、精準，用來分析並推敲衡量一切事物的目光，然後，她看到他的眸子彷彿直直穿透她厚厚濃妝的冑甲下，昨晚燈下連自己都失望的臉。他隱逸了淡漠與失望，擺出客套禮貌保持距離感的神情，他眉宇間那一抹胭紅緩緩滑入唇上。而她忐忑的心反倒平覆下來了，她知道自己安全了，無論是自己對他，或他對自己，但卻有點悵然若失……。

兩人的神色、態度，難以臆度，是那天在電話裡燃亮引渡彼此單色調生活的人。

「對不起，讓妳久等了，我剛才開過頭了，發現不對，才趕緊調頭。」他關妥車門，扭轉車匙，生澀僵僵地道。「那裡，別客氣，這兒是比較難找一點。」他的態度，令她十分後悔來赴約，幻想中的味道全變了，她想不出空氣中的陌生，還會創造出什麼奇蹟?況且這個社會，時間就是金錢，也許他此刻可以利用這正午時分，約個值得採訪的要人吃頓飯，晚上的稿就出來了。而她，可以伺機趴在辦公桌上小睡片刻，晚上好有精神多加幾個小時班，賺點加班費……。

他轉動駕駛盤上的手，短粗卻勻稱，一枚質地純良的潤玉戒子，綠盈飽滿，將隱伏在柔白細致的皮膚表層下青青細嫩的血管脈路，全吮現了出來。

「我先帶妳去我每天固定要去的地方，反正也是路過。」圓盤在他掌中，操縱自如，車子駛得平穩舒適。他技巧地閃躲開小巷裡莽奔出的腳踏車後，她應景地讚道：「你車子開得眞好。」「我喜歡駕駛，開車是種享受，也可以說是玩車。」他偏頭再度飛快地瀏覽了她的面容和衣飾後，確實斷定她已不再有什麼吸引人之處，便扭過頭去專心駕車，沉寂片刻，隨即扭開收音機，正午時分，電台正播出國劇「大保國」，大花臉徐延昭的那段唱腔，渾厚蒼勁，車箱裡滿是空洞的忠孝節義、聲光交錯，暖紅赤亮的舞台跟來了……。「我喜歡這齣戲，有氣魄，過癮。妳一定喜歡拾玉鐲那類的軟戲，對不對?妳以前唸書的時候，還票過戲，我留過一張妳的相片，妳上了戲妝眞美。」他想多談過去，來連貫現在。甚至將此刻的約會向自己和對方作一種合理的解釋。

車子轉進辦公大樓，下了車。她尾隨他進了圖書館、餐廳，他興致勃勃地為她介紹著。後院一個大園畦的池裡，滿是頹敗的植物，他立在廢池前，雙手環護前胸，兩腿微張，仰望著前面的建築物，背後襯著灰沉沉的天空，有點悶息。微微幾絲雨飄來。「是不是噴水池噴出的水？」她問。他的眸子一瞬不瞬地直直盯著建築物，道：「噴水池壞好久了，也沒人來修，眞臭……，妳知道嗎？美國的國會是用大理石建築成的，氣勢宏偉雄壯，很自然地就把人引進一種嚴肅，而有使命的責任感當中……」

她遠遠望著他，既不崇拜，也不神往。一個已婚女子，偷得浮生半日閒，和舊日男友出來，卻聽他嚴肅、滿肚子自認合邏輯、誇大的言論……。而她自己想的，不外乎拈到一絲情感的浪漫，自覺悵然無趣了。

滿是高昂價格的餐物單子裡，她點了一小塊蛋糕與一杯淡酒。他則要了一客腓力牛排。他並沒有因她點了那樣少的食物，而爲她再要點什麼。甚至沒有問她這樣會飽嗎？

這兒的裝飾一統黑紫兩色，交相輝映。黑紫相交的牆壁間，擠出一道鑲嵌極細的鋼條，熠熠泛光，像利刃劃過的傷口……。服務生的衣裳，也採黑紫兩色的綢布唐裝，配了黑布繫扣絆的布鞋，在他倆身旁匆匆疾步，是舞台上配戲的跑龍套。室內右側挖空了的落地門外，一大片淒美的樹林，被透明的玻璃隔阻著，否則，那明亮的天空，也是要延伸進來的。他吸了一口煙，朝她的頂上噴去，團團濃煙自她頂上瀰散下來，包裹了她，她雖心裡極不滿意這輕慢的舉動，但亦未伸手揮去煙霧。他望著她一會，然後說：「這家餐廳設計得還不錯，剛好在這開了扇大落地窗，把對面的林子全框住了，在台灣很少能欣賞到這樣美的景致，可是美國俯地皆是……。妳瘦了。」「你就說老了、憔悴了。」她有點慵散，眼皮懶懶地招了下。「我在美國那段日子，常在夜裡看妳的相片，妳那時候好美。」在幽微的光線裡，那過去和未來的交會點間，彼此還想印證些什麼？在生命的星象圖上航行，兩顆星早已轉移了位置。她望著他，長長吁了口氣，已記不太清楚電話中的話語。他在晶瑩剔透的水晶煙灰缸裡撣了撣灰，道：「我有三、四件襯衫，每件都要三、四仟。這個社會，衣著很重要，光說我這套西裝，就要上萬，沒辦法，來往接觸的人都穿，成了一種禮節。」她的目光越到他身後那根鋼條上，反映豎立出她窄窄的一線臉，嘴上的唇膏，像湧出的一團鮮血，眞嘔！早知道就換那襲白衫了。她覺得這話彷彿衝著她講的，果然，他又道：「妳有沒有比較考究一點的衣服？我上回經過東區，看到櫥窗裡的衣服，就會想，如果妳穿起來，一定很好看。」他的暗示、評價、建議，令她無可忍耐了，她穩住自己，換了一種策略，語氣平穩穩地道：「我買房子了，二百八十萬。是我自己貸的款。」「哦?!眞的？」這是見面以來最引他入勝的話，然後，她緩緩由皮包裡掏出一個名牌夾子，淺淺地取出一張名片從容地遞過去，仔細讀了印在上面的頭銜，他眸子突然亮得像一粒寶石，不算闊的嘴角微向上翹，撐熄了煙蒂湊近臉，細細地欣喜讚嘆道：「哇！妳變好多喲！眞沒想到妳以前那麼柔弱，現在居然獨當一面……。妳先生眞有福氣，他可以少奮鬥好多年了……。現在的女人就應該獨立自主。」然後，刮得很乾淨的鬍鬚底下，帶著微笑和禮貌道：「一小塊蛋糕夠不夠？要不要再點些別的？」這快速的轉換，讓她覺得，他是適合站在階梯上的。

他開始優雅地動用面前那堆精致滿溢地要掉下桌的食物及餐具，然後，用餐巾揩了揩嘴，道：「這次我調回國上班，老板給了我一張五萬塊的即期支票當見面禮，前兩天，還有人送我一枚金幣，值六萬，妳看，現在的人都送起金幣來了。」他面前調配講究的色彩，令她憶起，學生時代，他在小吃攤上的一碗碗米粉。偶爾外加一碟豆干，便是極大奢侈了，而那一碗碗米粉，卻孕養他立志作大事業的志氣。

「談談你好嗎？怎麼樣，你學生時代嚮往的，現在都有了，大報社政治版的記者，接觸的全是要人，同學裡，就你最跳」，她有意把「同學」兩字搬出來，單純彼此的關係，「唉！也沒什麼啦！我的職業和你們不一樣，等於站在最前線打仗，也就是站在最危險，複雜的一面去看事情。但不能捲進去，不能感情用事，要處於旁觀者超然的立場去觀察一切，不能像法官一樣去裁決任何事情，態度是客觀的。」「我看到你前兩天的專欄了。」「哦！眞的？妳看到我的名字了？字體大不大？我趕著交稿，寫完也沒再看一遍，就送上去了，寫這種社論我最拿手，而且拿捏得最準，政治就是舞台，三國演義裡一開頭就有『天下事久分必合，久合必分』的句子，唉！逢場作戲，陰謀狡譎詭計，義正嚴辭，看久了，就是那一套……。天天和達官顯貴在一起，看到的，不外是面具……其實，我眞有點厭倦這種每天應酬的日子，眞的，我都吃怕了，我寧可每天粗茶淡飯……」他大口的把一瓢肥嫩的牛肉放進口裡。她覺得他口是心非的厲害。

「晚上到報社上班，那你白天都在作什麼呢？」她淡淡地問。「買書、買雜誌，多看、多吸收，隨時留心國情……唉！壓力大呀！說實在的，我現在已寫不出抒情文了。」「還想出去唸書嗎？我記得你畢業的時候，一直想去劍橋唸書。」「唉！唸了碩士，也只是多一個資歷而已，社會上要的，不光是理論就夠運用的。」她小心地拾起小叉子，蛋糕被切割得很細，就像此刻切割彼此心境般，小口，小口吃進去，油膩細緻的蛋糕，入口即化，她切太小了，一插便碎了。「喂！你去過酒廊沒有？」她隨意輕鬆地問道。「當然。」「什麼樣子，」「還會什麼樣子？燈紅酒綠、紙醉金迷，你付錢，她就和你親熱，沒什麼意思，……有時候，夜裡一個人開車回家，一路的空虛……其實，我的本質還是以前讀書時代的我，只是包裝變了。」「不，我覺得你連本質都變了，我也說不上來，可能是彼此的生活型態不同吧！」「我太天眞、太理想主義，又優柔寡斷，我，我需要引發，需要……需要正常的家庭生活，我有時迷失極了，不知道什麼是生活意義，前兩天夜裡應酬喝多了酒，回來吐得好厲害，那種空虛感，覺得名利什麼都是假的，學生時代想追尋的，形式上是都得到了，可是，可是怎麼和我期望的截然不同……」他燃了根煙，失神空茫地望向窗外那恍如綠薄紗似的林層……，她帶著研究的眼神望向他，彷彿研究下了台的演員，是不是仍留著不眞的、迷惑的面貌，然後，她開始同情他了。「別給自己太大的壓力，你該結婚了。」「我？結婚？哈……，我有一個朋友的太太在當老師，脾氣壞透了，動不動就揮刀弄剪，我那朋友長期陷於痛苦中，我看了都怕了，尤其是幹我們這一行，未來的前途，形象最重要，我可不能輕易的去冒險結婚，搞不好，把自己大好的前途都給毀了，尤其是爲了一個女人，太不值得了，不過……話說回來，要玩的話，小心一點還是可以的，譬如：女强人和結了婚的女人，她們要面子，都不會說……。」他驀地捉住她的手，嘴角泛起一抹透知對方心理後鄙夷輕蔑擺下陷阱的笑，她的心中急急掠過一陣暈旋，比淡酒更甚，她的手軟化含入他的掌中，而他濕潤溫熱、鼓鼓有力，她感覺那彷彿是他口腔中的舌，他彷彿急於捏出個式樣，就更像是兩舌間的翻轉吸吮……。可是，當她觸到他指上那只玉戒，在掌肉中一起捏揉時，卻是硬、冷、冰，她似乎摸到了他包裹在灼熱肉體裡冰冷的心。她注意到他敞開了嚴肅西裝下面，突出的肚子，把褲子上的摺疊痕都挺了起來，她倏地反感極了，使勁抽開了手，鼻子裡冷冷一抽道：「去找你的女強人吧！」他斜斜地慵散地攤在沙發裡，吐了口煙圈，望著天花板上安裝倒立著的瞬息間晃轉變化如萬花筒般五彩燈光，恢復了那淡漠的表情，兩人沉寂著，半晌。她道：「談談你的女強人吧！」「她呀！很自主，很有理想，很想將來能有一番作爲，」「你們交往的程度呢？」「哈！妳是結了婚的人，該知道男女在一起總避免不了作那事……，而且是她自己願意的。」「爲什麼不結婚？」「唉！處處要壓人，太精明能幹，讓人覺得除了器官外，和男人沒兩樣……。」「你不是喜歡獨立自主的女人嗎？」「我所謂的獨立自主，是指經濟上，唉！……我，我也說不上來……」「你們既然都那樣了，又爲什麼要分開呢？她不怕嫁不出去呀！」「哈！小姐，妳落伍了，這方面她很看得開，知道自己在作什麼，也知道什麼是享受別人，她不覺得自己是讓別人佔了便宜，我們之間在形式上很輕鬆，沒有負擔，實際上，我們的感情是認眞嚴肅的。」她從沒想到過兩人居然有一天會在一起面對面侃侃，從容地大談這種問題。「你現在怎麼樣？我是說生活，一個人？」「我和我母親住一起，她眞好，處處照顧我，給我煮飯洗衣裳，她是個標準的舊式農業社會的婦女，沒唸過書，只知道三從四德。」「娶個像你母親那型的，怎麼樣？」「不行，帶不出去，只能擺在家裡……幹嘛老談我，妳呢？喂！談談妳呀！妳的生活。」「那方面？」「工作。」「爲什麼不說家庭？」「現在還有女人待在家裡呀？看妳的頭銜，妳混得不錯啷。」他讚嘆地笑著。她望著眼前矮杯裡的淡酒，薄薄蒸騰著涼涼的冷煙，蕃茄片浸在酒內，上面灑了一層黑胡椒，她必須小心喝，避免在齒上留下胡椒的黑點，嚐了口，卻是一片悚然的冷。現在，她覺得在電話裡所疊架起的世界，已傾圮得不落痕跡了，人時刻都在修改自己的劇本，只爲符合當時劇情的需要。她懶於向他表白自己了，「他說『混』得不錯，這『混』可是得付出相當代價的。」她思忖著，望向他身後那根細鋼條，那窄窄的夾縫，映在上面的自己，被兩旁的黑紫切開來，只映出了十分之一的臉，她暗暗想到這層層縫隙間的自己，在這多元化的社會，自己扮演的角色，必須適應那快速翻轉的板面，環境怎樣需求，就必須擺出怎樣的姿態，而這層層板面顯示的又全不是自己，在教堂裡，即使心中紊亂，也需擺出虔誠合掌低首給神看……，生活裡沒有自己。在辦公室裡，挺麗的能幹外表下，每月的經期，腹痛如絞也必須忍受，累得發高燒，也必須撐，隨時有事待妳裁決，隨時有新的狀況待妳解決，辦公室裡是不准許妳情緒化的吐苦水的，處處設防，小心應對，學著應酬，學著帶面具，學著調適自己，這是社會教育，否則，妳無法適應，就請走路，外面無情的社會，是不以孝媳、良妻去衡量工作能力的……。「現在的女人都不甘於平淡的家庭生活，寧可穿得漂漂亮亮的出去和男人爭長短，我看呀！妳是個工作狂。」他自言自語爲她下了斷語。「工作狂？」她酸酸一笑，懶得解釋了。「對！我的確是個工作狂。」她想到，現在的社會，不是每個男人都月入豐沛的，想要稍微過得寬鬆舒適，在人羣中生活得像樣些，挺拔些，勢必兩人都得外出工作，吃一次麥當勞，沒有三百塊錢下不來，況且，現在的男人，開口就是比老婆，她想到丈夫的同事老張，開口閉口都是「我老婆在銀行作事」的驕恣狂態，還好，自己的丈夫尚不致淪落到要搬出自己老婆的頭銜出來；可是，每次丈夫的聚會，丈夫不也是在別人未開口問之前，就先搶著介紹自己的太太在那兒服務，相形之下，老王的老婆在家帶孩子，衆人的目光堆積過去，壓得他老婆面色愈見厚蠟。「妳的家庭生活呢？」他問道：「還好呀！」她雖結婚多年，但仍無法確定自己的婚姻究竟是讓自己滿意或不滿意，在家裡，褪去了那挺麗的衣衫，她和對面陽台上那正在曬衣服，沒出外工作的年輕婦人完全一樣，挽起了褲管，亂紮了馬尾，蹋在地板上出力的擦洗、揉搓，倒掉臭氣四溢的剩飯，快速地切、剁、炒、煮，丈夫回來，是要吃飯的，男人的觀念裡，家事天經地義是女人的事，永遠忽略，女人工作的擔子和他一樣重，他幫忙是恩惠，蹺起腳看報紙則是應該。末了，尚須抽出時間去婆家盡人媳之孝及回娘家盡女兒之孝，安慰二老身體的不適，傾聽老人的寂寞……。爲了防止兩人感情漸淡，夫妻間仍維繫著一週一次，也許在那機械的動作中，腦海裡翻騰競逐的，仍是第二天辦公室裡那必須面對的棘手工作，和難以應付的人際關係……。

爲了怕和時代脫節，爲了能和週遭的人們輪齒相差，她也看正刊的國家大事，也訂週刊，也買英、日語的錄音帶子，她企圖整理出一個有秩序的生活方向，沒錯，她都盡力了，可是，在熙熙攘攘迫迫促促的生活中，人與人之間那堵看不見的牆，依舊高而堅牢，她要面子，帶慣了面具，失去了對人說眞話的勇氣，永遠活在別人的價值觀裡，怎樣才能滲入別人的皮膚中著了別人的衣裳，戴著別人的眼鏡，去看這社會，這人生？而眞正的自己又活在那裡？

他坐在對面，望著沉入默想中的她，她抬起眼溫柔地望了他一眼，仍然感激他在電話裡給她的亢奮，雖然已記不清他曾說過什麼。

她側首望向那扇窗子裡緩緩沉暗的林子，才這麼一會工夫，林子已然荒漠……。裹在蟬翼胸罩裡的那個自己，胸部給勒得刺熱悶息，她大大喘口氣，後悔沒換那件保守舒適的胸衣。

她看了看腕上的錶，朝他面前的點心呶呶嘴道：「把那塊甜餅吃了吧！」「都涼了，也沒什麼作用了……」……。

——七十八年七月，聯合文學出版社，「脫軌」

年輕出擊

民國五十一年出生，高雄旗津人。臺大中文系畢業。現爲「黃秋芳創作坊」負責人，舉辦各類藝文活動。著有散文集「黃秋芳隨訪錄」、「黃秋芳文學筆記」等；小說集「吻痕如刀」、「盛夏之雪」、「鬍子與高跟鞋」等。

黃秋芳

人淡如菊
——訪談黃秋芳

◉楊明

捧著一杯冰淇淋，她小心翼翼地吃著，在惜取幸福不忍太快嚐盡的心情下，冰淇淋一點一滴融化，有著如此愛惜不捨情態的她卻又一鼓作氣將幾年來的舊稿，重新整理，同時出版了短篇小說集、極短篇及隨訪錄三書，揮霍之情令人妒嫉，黃秋芳掩不住眉眼間的盈盈笑意，說：「這樣的快樂是三倍的，得意也是三倍的。」

黃秋芳的矛盾也許源於個性，她有著屬於巨蟹星座如水的羅曼蒂克情緒，卻又擁有O型人固執明快的生活傾向。她生於一個擁有十名子女的大家庭中，排行第八，在這樣的家庭中，小孩的個性是十分模糊並且不被重視的，她不是城堡中唯一的公主，只是一個黑瘦不引人注意的小女孩，而此她年長了十幾歲的二哥卻不厭其煩地開啓了她閱讀的窗戶，那些在苗栗鄉下老家中的場景及對話，是她永遠不會忘記的。經由他，黃秋芳知道了有一個極爲豪華、燦爛的世界在那裡等著她，只要她舉起腳便可以跨進去。

雖然黃秋芳日後果眞一腳踏入那光輝燦爛的世界，以她細膩可人的筆記錄著人世的滄桑，並且中規中矩地出身於中文系。然而，唸中學時，黃秋芳心中的第一志願其實是建築。高一時唸景美，回想起那段日子，雖然患了胃潰瘍，把身體搞壞了，但卻是多歡笑的，暑假她轉學新竹女中，在陌生的環境中遭受到前所未有的排擠，黃秋芳不敢忘記在那段陰暗歲月中承受的挫折及恥辱，她深切感受到人性的的黑暗，現在回想起來，雖然她不後悔以中文系爲第一志願，但在當時，由於校方不客觀的看法，使她無法如願選讀自然組，卻是永遠無法磨滅的打擊。

以高分考入第一志願臺大中文，秋芳的家人都戲稱她爲書生，她的家人雖然徹底服膺「百無一用是書生」，但又不知細瘦的她還有什麼其他本領，因此想她若能一路唸下去，唸個博士，也就不錯了。大四時，同學們紛紛忙於準備考G·R·E·及托福，只有黃秋芳無所事事地翻著報紙，她並不眞心想找工作，只是慣於在應試中去印證自己的聰明，她又悄悄將自己折入履歷表，開始應試生平第一份工作，沒想到沒有任何經驗的她在一百八十九人中脫穎，進入漢光，這期間她完成了「鏡頭中的詞境」，且以此書得到金鼎獎。其後，她又在廣告公司寫過文案、中研院做過研究助理、國文天地擔任編輯及兒童寫作班教作文，其間每份工作短則一星期，長則半年，畢業短短一、兩年，她已換過許多工作。

最後一份工作是在「我們的」擔任編輯，那時，她的月薪八千，其中有四千花在房租，也許到咖啡屋喝杯咖啡便花去她整日的生活費，而她就這樣在咖啡屋中一坐一整天，所有的糧食是一疊稿紙及一杯咖啡。「那是一段痛楚的時光。」秋芳說：「我必須去寫很多原本不屬於我的東西。」在不斷的碰撞摩擦中，她漸漸反省出自己並不適合別人的生活模式，在日覆一日的打卡中，她害怕自己面目模糊。

黃秋芳眞正開始寫，並且有較多的作品，是在她離開「我們的」之後。剛剛恢復自由的秋芳，最不滿意的便是她房中堆得滿坑滿谷的書，她自己畫了圖樣，量好尺寸，找木匠釘了許多組合式的木箱，然後她自己用砂紙磨平、打光、上漆，在不斷地勞動中，她用汗水洗盡自己的疲累，也找到了自己的位置。

我不能爲秋芳說些什麼，但事實證明了她沒有走錯。七十五年九月一日起，她以自由之身熱切投入寫作，重新活過，她視採訪爲工作，小說爲娛樂，而極短篇則帶給她一種竊取時間得逞之後的滿足感。今年一月，她漂漂亮亮地展示出她辛勤的成績，引人側目的三本書並排在書架上，讓你不能遺漏她，必得問問：這個女孩是誰呀？

很明顯地，和其他許多女性作者一樣，秋芳的小說世界是女性的，如同林燿德在序「我的故事你愛聽嗎？」中寫道。在她的筆下「男性成爲模糊、疏離、失焦的變數」。不論是「我的故事你愛聽嗎？」中的快不快樂由顧先生決定的甜蜜娃娃顧太太；或是「都是洋傘的錯」中做自己看來並不麻煩，但也不容易的慧羣；「長巷」中往昔擁有的單調平凡是日後唯一可以記得的歡樂的季豔；「近黃昏」中拚命把妹妹嘴巴扳大，好等到誰也不疼妹妹時，她自然會疼的治惠、治瑜姐妹；還有「渡口」中婚姻平凡瑣碎的徐琬靑、喪偶的魏賢賢、離婚的唐容。這許許多多的世間女子，無非是在不安的感情生活中，企圖找到自己的位置。

在「籌碼」一文中，搜集愛情如同籌碼的可若，雖是贏得了別人的情愁喜樂，卻一點也不快樂，因爲「只有懷著愛，不是恨，懷著愛的人才找得到自己的位置」。而「X小姐和Y小姐哭了」似乎較不同於其他諸篇，X小姐與Y小姐不過是現實中的實體與鏡中的虛象，秋芳卻以實體中的自我及從本我分裂出的人格，延展出另一空間，全文主格轉變流暢，那膽怯委曲面貌模糊的X小姐與放縱尖銳愛恨鮮明的Y小姐，在猛然驚覺到彼此的相似後，縱然體悟到「沒有一種愛會嫌太多」，而她們的生命依然充滿了小小的缺憾。

比起其他同齡的作者，黃秋芳似乎對於童話中「從此他們過著幸福快樂的日子」中的婚後歲月著墨更多，而不迷戀於不帶人間煙火的少年情愛，雖然婚姻不見得幸福，且可能以各種千變萬化的姿形，侵蝕掉尚不及建構完整的愛情宮殿，但如果她的筆反映出了她對女性生命的深層意識，那麼，至少面對可能已然千瘡百孔的現代婚姻模式，她依然是肯定的。

在她的極短篇中，黃秋芳以更不同的面貌反映出世上種種不同的情致，不止是現世的愛情婚姻，尚有超越生死、超越時空的隔世情愛，在這裡，我特別要提出本書卷四的「最後謎底」，以八篇千餘字的小小說展現出魅惑詭譎的風情，靈異世界是黃秋芳從小便感到好奇而又深深迷信地，或者是源於母親的早逝，那種極度渴盼的溫柔撫觸，使她胡亂作著夢，甚至無法分清虛實。長久以來的迷戀及對於前世的篤信，使她在短短三天中完成了「最後謎底」中的八篇，那種伏案援筆，當黑夜來臨不敢稍動的疑懼心情，都要等到陽光乍現，才能漸漸和緩平覆。

至於隨訪錄，黃秋芳個人以爲它的出版對自己的意義可能甚於讀者，畢竟是段記錄文字，所賦予的心情、生命，依然不是原創性的作品。她在書中寫道：「我當過老師，做過研究，也涉身廣告。後來，我選擇了一種職業，仍然不安地、渴尋地，卻替代了我的自我爭戰。那就是採訪報導。」這一份被秋芳視爲工作的採訪報導，卻給予了她充份的自由，她沒有特定的老闆，以一種看似隨意，其實卻是戀慕的心情執筆，每一次的訪問，都彷若走入繁花異苑，雖遭人批評爲印象淺薄且又基礎薄弱，沒有條理，但自有它可愛引人之處。

三月底，秋芳即將赴日，以二個月的時間完成短期語言學校的日語訓練，然後便可以放膽在東瀛旅行遊逛。爲什麼會選擇日本呢？秋芳說日本一直是她心中嚮往的長安城，尤其是京都、奈良。三月，正好趕上繁華若夢的燦爛櫻花，旅行途中，相信秋芳必定會信手記下她的隨想，也計劃寫一系列以異國爲背景的小說，探討異鄉的中國人，對於黃秋芳，在文字上她已展現出她細膩動人的風采，以既有的過人基礎，我們希望她能更深刻的觀察，體悟，更長久的沉澱，反省，在書肆中已充斥太多浮光掠影式的文字之外，能呈現比較不一樣的作品，如同秋芳常說的：「我害怕擁擠，尤其不能忍受面目模糊。」相信這不僅只是我們對她的期望，也是她對自己的期許，我們期待黃秋芳的另一次出擊。

——七十七年九月，文訊三十五期

〈黃秋芳作品〉

天明時候還早

我們從來不曾這樣親密過，
因爲，我們從來不曾這樣誠實……

天沒亮的時候，雪芬醒了過來。

透光的窗帘青白著顏色，沿著窗框，利銳的風尖尖地嘯。像一肚子的抑鬱急著要吁一口氣，漱迴個兩三回又急落下，所有的躁躁切切都不及吐噎。

她盯著窗帘上細細的摺痕，一縷一線，像一條沒有源頭的河零亂在流。許多事、許多暫時沒法理清或決定的雜務，一時都亂糾在帘面上無序的線裡，有形、或者無形，全都硬生生地，像一種刻痕。

要是慶元還在，情況會好一點嗎？

公司裡的財務，從沒出現過這樣的意外。幾個股東眼看著國內的情勢不好，聯合著密商後突然抽掉資金，全部移向海外。單剩著她一個人。一個人面對最重要的決定，補足資金苦撐下去？結束營業？或者選擇傷害性最小的條件接受合併？還會有另外一種選擇嗎？

捷運道附近的那塊地，前些時日價錢好，因爲用不上，一向擱著。公司才出了狀況，掮客們耳朵尖，全都自動調價，三成不到，也是普通性不景氣湊上的痲煩，透過幾個不同的關係，一直聯絡不上買主，只能兀自在急。

雪芳前些天來，一向冷靜著無動於衷的一個人，神情也萎頓難堪。誰也沒想到，阿義苦了那麼久，好不容易比別人早了個兩三年到了廈門，幾筆土地買賣做熟了手，轉手間賺了點錢，就在港口附近養了個新家。

事情的開始和發展其實傳說得很早，雪芳總是不信。

「聽說是個大學生，剛畢業，很懂得自己要什麼。」雪芬淡淡地提醒過她。

雪芳大笑，滿不在乎地昂起下巴：「阿義是那根蒜、那根葱，他自己心裡明白。妳不知道嗎？那年我被退了學，他也好過不到那裡去，高工都沒混畢業，整個人頹頹唐唐的，我們阿金的奶粉錢，還是我在酒廊裡混出來的，妳說，他憑什麼泡上人家大學生？」

「妳又不是不知道，我們這邊每個月給個兩三千塊，他們那邊就可以舒舒服服地做個個體戶。」

「總要看對眼。」雪芬笑吟吟地：「就是我以前上班，不對味的客人我連酒都不陪。」

雪芬皺著眉，想不出別的什麼可以接口。

直到林賢順「離婚無效」的判例下來，他們那邊，儘管什麼都向錢看了，婚姻的莊嚴到底還受到最後的尊重。別的人都很慶幸，阿義卻鄭重地向雪芳要求正式離婚。

雪芳嚇呆了，又哭又鬧了好一陣子。阿義索性避到廈門，一去兩三個月，到最後雪芳不哭不鬧了，卻整個人神情一斂，平靜地說：「我一定要出去走走，這樣下去我會悶死。」

前些天向雪芬調了些零用，一個人到南部去。夜裡掛了電話回來找阿金，說是在佛堂裡，暫時還不打算回來。

阿金睜著大大的眼睛，對著電話點了點頭，突然說：「沒關係，爸爸如果不回來，等我長大了，我再接媽咪回來，賺很多錢讓媽咪坐ㄅㄨㄅㄨ去找爸爸。」

雪芳不知道講了句什麼就掛了電話，媽在一旁摟緊了阿金拚命淌著眼淚，酸心酸肺地泣：「幸好這孩子一向親他媽媽。」

雪芬看過她們。在院子裡，阿金拾了個小石頭往嘴裡塞，雪芳見了，蹲下身小心地問：「你想要吃石頭，是不是？」

阿金點點頭。雪芳開了水把石頭洗乾淨再遞給他：「好，你吃吃看。」接過石頭，阿金立刻往牙齒裡塞，沒多久又急著丟掉，後來再沒有人看到阿金在院子裡拾過任何東西往嘴巴裡塞。雪芳雖然任性，她們親子間的關係倒一直都維持得滿好。

阿金有時夜裡會想媽咪，媽就埋怨：「都是妳，公司都快撐不過去了，妳還捨得應付她的需索，白花那個冤枉錢。雪芳的個性妳又不是不知道，花錢像花水似地，不花光了所有，那裡會回來？」

「雪芳這次受了教訓，不一定還是那個樣子。」雪芬溫柔地轉向母親：「反正，我也不差那麼個小錢。」

「我標了個會，一萬底的，五十來萬應該有。」媽放下那個小包，哄著阿金去睡。

雪芬愣了愣，望著她的背影無助地痛。

怎麼會這樣呢？要是慶元還在，雪芬遲疑地想，情況會好一點嚒？他答應過的，讓她們母女一輩子無憂無愁。

天快亮的時候，雪芬又睡了過去。

雪芳倒是起得很早。廟裡頭的雜務很多，鐘一敲整座山就忙碌起來。

她睡在禪房裡，雖然不必定得分攤什麼勞務，可是，她混在勞動的人羣裡，心裡反而安靜。那時候，不也是在這樣機械化的勞動中認識阿義的嗎？

在倉庫裡，幾個扛貨工人都很高大，只有阿義瘦，而且帶著點羞怯退縮。就是他靜默間類似於發呆的神情，讓她覺得心疼，每一次點貨做賬的時候，總刻意問他一兩句話。其他工人垂涎訕笑的語氣她不是不知道，她就是爲著自己高興。

阿義喜歡她，她很肯定。每一次，她噙著似綻非綻的笑意，遠遠打量著他，他在粗糙的工作間總是趁抹汗的動作悄悄在手底溜她一眼，也只是短而急的淺淺一眼。

她笑，慢慢覺得自己喜歡上阿義。

反正也沒有別的什麼是她眞的想要的。媽對她，一向不抱希望，誰叫她擁有一個永遠上不了檯面的老爸，所以嘛，她的種天生就高級不來，媽常常流淚怨嘆，要是只生了姐姐就好。雪芳聳聳肩，覺得無所謂極了，反正也沒什麼可以讓她要的，至少，她可以去要阿義。

暑假結束以前，她攔下他，神情又媚又橫：「你爲什麼不敢對我說你喜歡我？」

阿義搖搖頭。

「嗯？不喜歡？」她挑高了聲音，斜睨了他一眼。

阿義臉一紅，趕緊又搖搖頭。

「不敢說？」她放輕了聲音，慢慢有一種溫柔的感覺生出來，第一次，她覺得有一個人可以讓她好好待他，待他好、好一輩子。

打工的最後一天下班，他們第一次約了見面，在下班後沒有人的倉庫裡。因爲他們的薪資都準備用來繳學費，兩個人都不敢花錢，沒有地方去，還是雪芳大膽心細，利用管賬盤點的方便，配了倉庫的鑰匙。

開學以後，他們又見了幾次面，還是在工人下班後的倉庫裡。幸好他們都很小心，沒讓別人給瞧見。

不過，事情還是爆發出來，雪芳懷孕，同學們湊錢叫她去墮胎時叫教官逮住。雪芳這就完了，私生活不檢點，在她們那惺惺作態私立職校，正好是一場爆發力十足的宣傳秀，方便下次招生時打知名度。

訓導處進出幾次以後，阿義還是給牽扯出來，兩個人先後退學。阿義一直不敢讓生病的媽知道，雪芳卻叫家裡給趕了出來。

雪芳半夜到阿義家敲門時，阿義灰白著臉，雪芳只好笑，並且輕鬆著語氣說：「這樣倒好，既然沒錢上醫院，孩子留著，我們結婚吧！」

阿義不敢點頭，可是也不敢搖頭。他們辦了結婚登記，雪芳找了個時間不算短的工作，避免和婆婆尷尷尬尬照面，阿義一個人沒目沒地晃著，再理所當然地，沒脾沒氣地去當兵。

阿金落地以後，雪芳在酒廊上班。襁褓中的孩子，叫她連個大紅包一起塞給門口的小妹，下了班再一起帶走。不過是個未成年的少女，卻叫生活磨得俐落能幹，一點點多餘的情緒都給收了起來。

她買了車，搬離婆婆的房子，帶著阿金，住到公園附近。雪芬去看過她幾次，黃昏以前，她把所有的時間都陪著阿金去散步、去注意公園裡不同的人、不同的事、不同的形形色色；夜裡上班後，她請了個專校生陪著阿金玩火車、拼圖、疊積木。

阿義退伍前，阿金剛會說話，她趁著例假開車去看他。阿金在家裡，天天ㄅㄚˇㄅ

ㄚ、ㄅㄚˇㄅㄚˊ，繞舌討著雪芳喜歡，眞見到了對他而言，完全是個生面孔的爸爸，嚇得盡往媽咪的懷裡蹭。

雪芳抱著阿金，放慢了速度，握著方向盤的單手戴著個簇新的碎鑽戒指。阿義看著她，越看越覺得素不相識，他拘謹地把細長的腿塞進座下，雪芳溜他一眼，滿不在乎地問：「放假都到那裡去？」

「回家去了。」阿義停著，一會才說：「幾次妳都不在。」

「我搬走了，反正家裡也沒人說話，住那都一樣。」雪芳笑了起來：「媽沒告訴你我在那裡上班？」

阿義不接話。半晌又沒事似地問：「媽要我問妳，妳現在住在那裡？」

「媽還問這個幹嘛？從來也沒見她關心過。」雪芳淡淡抿了抿唇，突然放快了速度，聲音滾在流動的車窗風景裡，阿義更覺得音節確定卻意義模糊：「退伍時候我會來接妳，想回媽那，或者和我們母子倆湊和著過日子，到時候妳看著辦，我不勉强。」

阿義退伍後回來，雪芳辭了工作，把所有的積蓄叫阿義去做點生意。阿義長得淨薄，天生的老實相，雪芳打下來的關係用得好，阿義一向很受照顧，也學得很起勁。

他們倒是過了幾年親密日子。

阿金慢慢長大，雪芳日日相夫教子，生活裡不太有意外岔入，那股頑傲的倔強野性跟著也慢慢收斂。有時候閒得沒事，帶著阿金逐漸和雪芬恢復了往來。

也是雪芳主動的時候多。雪芬的爸過世得早，媽沒再嫁，卻為了生活不明不白地跟著個勉強餬口的男人，懷著雪芳那段時間，他在外面染上賭癮，光景好時風光了他身邊幾個職業性甜蜜著的女人，情況轉壞後，動不動媽就招惹一頓踢打。

雪芬早熟，個性上收斂自抑得厲害，遇上慶元，知道生活上不會再有匱乏困窘了，她決定得很乾脆，畢業就結了婚，從沒提過她愛或不愛。就連雪芳來，她也是淡淡的，沒學會表達出來的感情方式，只能放在心上。

她只愛媽媽，媽媽也只愛著她一個人。雪芳常常又羨又妒地這樣說，雪芬搖頭，又點點頭，不知道是不是因為其實她自己也不確定。

她這一輩子，都快走過一半了，卻好像什麼都還不及開始。不像雪芳。雪芳即使在佛堂裡，也是忙碌地，別人的熱誠或冷漠，對她來說，都是要緊的，因為她的成長歲月太寂寞了，她一直加倍想彌補回來。

不過兩個半天，居然也碰撞出她新鮮的熱切、很快把她的頹喪萎頓擠掉。她掛了個電話給雪芬，耐性地，聽電話一遍一遍空洞地響。

電話響的時候，雪芬掙了掙，意識裡一直不能確定究竟。她伸手，儘量淨著聲音，雪芳的喧響卻蓋過她的努力很快倒了出來：「怎麼了？不上班啦？很少看妳這麼遲著起身，有心事啊？」

「怎麼會？我以爲天明時候還早。」雪芬慣常冷靜。

「早就天亮啦！我都工作半天了。」雪芳笑，聲音裡不爲什麼地愉悅著：「有個工作眞好！姐，我想回去了。阿金不能離我太遠太久，可是，阿義走了，我也不想再回酒廊，阿金現在懂事了，我想到公司裡找個工作，正當的，妳給我個機會，讓我學，好不好？」

雪芬一愣，不敢說不好，可是，公司現在情況不對，她又不能說好。

她們姐妹，疏離過那麼長一段時日，就連拒絕的方式，也是生份的，揣摩不到合適表情。雪芬一時沉默下來，僵滯在電話裡。雪芳靜了靜，隔一會輕咳一聲，刻意輕鬆起語氣：「啊，不去也好，其實我什麼也做不來，我只是，想騙點零用錢花花，就算我不在公司，單是在電話裡向妳開口，妳也不可能讓我匱乏的，是不是？」

雪芬笑，無聲地，在雪芳看不到的另一端，意外地生起未有的溫柔：「回來吧，我沒說不許妳到公司來。晚上先和阿金談談，明天就開始上班了。」

一整天，雪芬想著該給雪芳一個什麼樣的位置？

「想什麼？」公司裡的徐副總，靜靜站在一旁，也許等了一會：「王秘書帶我進來了，妳都沒注意。最近有什麼問題困擾妳，嗯？」

「沒什麼。」雪芬一驚，立刻打起精神，接過他手中的公文夾，垂下眼睛，强迫自己專注在文字裡，來回掃了幾遍，就是幾張平常的報頭文章。她歸納不出重點，不免心慌地抬起頭，所有急切的問詢都急切地竄出眼眶。

徐一笑，慢條斯理地：「不這樣就沒個正常理由走進妳精心圍堵起來的辦公室，不這樣妳也不可能抬起頭來好好看看我。」

雪芬偏著頭，輕輕搖了搖手中的公文夾。

「那沒什麼，就是臨時剪下來的報紙，成功的包裝，是不是？」徐正經起來，放柔了語氣，像小心靠近隨時要竄逃遠躍的雛貓：「只是想看看妳，看看妳好不好。慶元過去都兩年多了，妳從來不走出來，股東們都覺得妳做不好，因爲妳不了解，資金轉移的問題其實他們計畫得很早，只有妳一個人感覺不到。」

雪芬沉下臉，一會才冷冷地，用漠然的神情替自己的零亂惶恐化裝：「我一直相信，你是慶元的好朋友。」

「我不是不肯早點告訴妳，也不是對公司的好好壞壞可以漠然地置身事外。」徐坦然地迎著雪芬的眼睛：「公司的營銷內容，分明面臨了整個企業體共同的夕陽命運。我不像慶元那樣理想化，除了轉型，要不就得商業性地融通，可是他不，他願意那樣不合時宜地堅持著，其實很苦。」

雪芬別過臉去，鬱鬱地，聲音含咬在唇齒間：「怎麼會這樣呢？我一點都不知道。」

「慶元過去後，妳根本就不能適應公司運作，問題比以前更複雜，大環境也更艱困。」徐停了半晌，靜靜端詳著雪芬，平靜地表示：「我不希望妳繼續下去。」

那我該怎麼辦呢？話到唇邊，雪芬又吞了下去，除了慶元，她不慣於向任何人求援。

徐還是笑，溫柔、但是堅定的告訴她：「我就要離開公司了。妳如果有什麼決定，這半個月我還能幫著妳。」

他轉身，步履穩而疾。雪芬頹然躺回靠椅，整個人倦下來，像抽掉一向撐持著的筋骨，她掙扎著，費力撥了幾個幾乎不能完成的電話號碼，軟軟的語音吐了出來：「雪芳，妳現在就來上班，我需要妳！」

雪芳不像雪芬，裝著滿肚腹的册頁理論。她又精明又現實，而且很知道如何歸納自己的生活規則，當雪芬倦著神色交給她一疊公司的經營報表時，她搖搖頭，笑說：「這些數字內容，一個也不認得我。來，妳告訴我，我們公司究竟有那些人？他們負責些什麼？時間分配呢？有沒有特別忙或特別輕鬆的？」

才介入公司不久，雪芳立刻發現，雪芬收斂得太厲害，和員工隔得太遠，公司裡少了點獎善懲惡的外在力量，內在裡又缺乏歸屬感與自我實現的潛在機會做原動力，所以，她從深入基層做起，了解每一個人對公司危機的感受，吸收任何一種應對方法和處理角度，從員工不同的反應中，慢慢走進問題的核心。

她提出許多建議，也發現許許多多潛藏的問題，逐漸地，公司裡一致地忙碌起來。雪芬的門打開了，關於公文夾裡一些不太清楚的問題，她都一一到員工的辦公室裡，個別和他們討論。

她的出現，替大家注入一股振奮的力量，雪芬其實不是不能處理，她只是，一直走不到核心裡去。幸好有雪芳，雪芬常常這樣說。公司裡常往來的幾個同事也常在口頭的閒談中談起，次數多了，一向對雪芳不是頂滿意的媽，不免也笑開了臉，常常在她們結伴回家吃飯時，來回端詳著她們的臉顏。

「媽，看什麼嘛！」雪芳被盯得頭皮發麻，不太習慣地聳聳肩，勉強把注意力集中在扒飯的動作裡。

媽嘆了口氣，鬱鬱的語氣裡，醞釀著化不開的歉意：「要是我早一點知道，這樣疼著妳就好。」

雪芳抿著唇，不敢多看母親一眼。雪芬打量著這樣熟悉而又陌生的甜蜜家人，費勁抑下又是歡喜又是疼惜的心情，冷靜地激著雪芳：「說啊，妳不是常常嘲弄我，永遠不知道如何把自己的感情表達出來嗎？」

「現在妳怎麼樣？」雪芬深吸了一口氣，看著搖搖欲墜的雪芳，牙一咬，繼續橫著心說：「說呀！妳有什麼感覺，妳說呀！你們總不能一輩子這樣親近卻又疏遠地生活著。」

雪芳一震，霍地站起身丟下碗筷。阿金一驚，怯怯喚了聲，母親立即把她按下，憂傷地說：「不要走，孩子，我們從來不曾好好說一會話，是不是？」

「要我說什麼呢？」雪芳喊了出來：「說我恨妳？恨妳在我最需要妳的時候，對我不聞不問，讓我空虛；對我嫌棄，讓我自卑；恨妳在我不小心時犯了錯，那樣絕然捨棄了我……不！我需要妳需要妳……」

話未完，雪芳手捧著臉，哭跌在廳堂裡。阿金丟下碗追了出來，緊緊地抱住她的手臂：「媽咪媽咪媽咪……」

「我怎麼辦呢？」母親淡淡地，一張憂愁的臉特寫似地放大著。

「去吧！媽，我們不要逃避生命中許多必然的債務。」雪芬溫柔地靠近自己的母親：「我們從來不曾這樣親密過，因爲我們從來不曾這樣誠實，不是嗎？我希望我們不要都退了回去。」

「嗯！」她點頭，走近雪芳，攬進阿金，疲憊地說：「我比不上妳，妳給阿金一切妳所沒有的，我卻給了妳一長段黑暗歲月，因爲我受不了那一連串苦難折磨的日子。妳因爲我比不上妳，就不肯原諒我嗎？」

雪芳心一慟，回身撲進母親懷抱裡，痛切地，一聲一咽：「媽，早些時候爲什麼不多給我，給我更多更多。」

雪芬靠著牆，靜靜地，直到有淚水暖燙著她的臉。她們在黑暗裡，跋涉了一段長途，雖然，天明時候還早，可是，她知道堅持下去就會天亮。

像她們艱辛整頓著的公司。徐又回來上班了，他們結束了所有舊客戶的關係，另外成立了國內門市，不但在裝修上刻意年輕化、舒適化，而且在產品創意上做出他們自己的特色。

「慶元要是還在，不知道會怎麼想？」雪芬又是欣慰又是不安地耽慮著。

「姐，他不能怎麼想呀！不這樣轉型，我們撐不下去。」雪芳皺著眉，無可奈何地搖搖頭笑：「妳不要像我一樣，什麼事都要到太遲了的時候，才看到現實。妳沒聽說，阿義現在過得很好嗎？那時候妳還堅持，那邊地貧情薄，阿義一定會後悔，其實，不去面對現實的人才會選擇後悔。」

雪芬遲疑著，沒有接話。直到有聲音打破了她們之間短短的沉寂：「雪芬的自主生活，開始得很晚，早已經習慣在黑夜裡沉睡的她，即使天明時候還早，心裡頭已然劇烈撞擊。妳不要逼迫她，讓她慢慢醒來。」

她們一起回頭注意到，是徐。

——七十九年，小說創作三〇五期

民國五十三年生，山東人，台大中文研究所碩士，現就讀台大中研所博士班，並任教於淡江大學、台灣大學。著有「文房之美」、「梵谷」等藝術論集；小說集「踏花歸去」等。

衣若芬

踏花歸去香塵裡

——談衣若芬的人與作品

盧明瑜

若芬把書送來的第一個晚上，一盞暖黃的燈泡、半截短短的鉛筆和滿懷感動的心情，陪著我幾乎一口氣把書讀完，除了動人的故事和清淡的文筆之外，我急切想從其中讀出她的成長，是另一個原因。

自然率直，凡事認眞

知道若芬，是在大學參與系刊新潮編輯的時候，工作覃四處網羅優秀的作品，而晚我一屆的若芬，正是我們的目標之一，不過當時對她的印象，只是偶爾在文學院幽深的迴廊中，或是斑駁的教室裡，不經意的一瞥罷了！

而了解若芬，則是進了研究所以後的事。在共同的課程和活動中，我一點一點地揣度勾描出她的輪廓和內在性格，從來不曉得在系學會會長和校刊編輯這些轟轟烈烈頭銜下的若芬，竟然是這麼一個特異的女子。瘋狂的時候，騎著她那部傷痕累累的紅色機車到處奔馳，好幾次聽她面不改色地描述，在大公車的夾縫中脫逃的情狀和被莽撞的重型機車騎士圍攻的驚險，擔心之餘，我總是不得不佩服她的勇氣；開懷的時候，她會大聲地笑，如果激怒了她，罵起人來可也是毫不含糊，然而事情過了，立刻天清地朗，不存疙瘩。但是她的自然率性，並沒有把她塑造成一個粗獷的女子，她能在午夜的電話裡，聽朋友吐兩個鐘頭的苦水，而不說多餘的慰藉，很多事情總是做完了才講，她熱愛創作，同時功課也很好，越認識若芬，越曉得她是個很能拿捏分寸的女孩，對家庭、對朋友、對學業、對創作，每一項她都能認眞地看待。

也許孤獨是每一個創作者特意保留給自己的一片天地，儘管若芬的朋友不少，而我卻常常覺得，她是個道道地地的獨行俠，來往於滾滾紅塵之間，但可貴的是她並不冷漠，甚至有一顆好奇熱切的心，萬事萬物在她眼底都值得探索，因此若芬的視野很廣，觸角也伸得遠，從她第一本小說集子題材涵容的廣闊看來，就曉得她的眼睛看著我們周遭的人羣，她的心靈關懷我們所處的社會，縱然到現在爲止，她只是一名學生，除了家教、編輯兼差工作，還沒有眞正踏入社會。

眼觀周遭的人羣，心懷所處的社會

在「踏花歸去」收錄的十二篇小說中，所探討的主題都不盡相同。「錯愛」和「絕」兩個極短篇描寫的，雖然同是校園愛情故事，但筆法有著很大的不同。「絕」是若芬二十歲左右的作品，看得出來她用力在文字上著墨，場景的安排也刻意營造出唯美浪漫的氣氛，然而「錯愛」這篇研二時候的作品，便顯然要老練得多，文字俏皮親切，驚異中帶著遊戲的趣味，比較這兩個以校園愛情爲主題的篇章，很明顯地看見了若芬的蛻變。

「星期天的窗口」則是描寫一個腿部殘障女孩對愛情、對生活的渴望和掙扎，若芬把這個自卑的女孩與她的妹妹對比，很傳神地表現出女孩封閉的內心世界，若芬的筆觸很輕、很淡，格外地襯出揭開謎底後的無奈，再往深一層看，輕淡之筆的背後卻蘊藏著濃濃的同情。

從「妳今晚寂寞嗎？」和「自動販賣機」這兩篇作品中知道，若芬探索的觸角已經由校園少男少女的情愛，伸進了繁華世界的黑暗角落裡，她一面鋪寫在燈紅酒綠、歌聲舞影中的浮沉人生，又一面反映了出賣肉體靈魂人物的可悲；若芬試圖用比喻象徵來描述性，以錯置跳接的手法呈露結構的奇異，雖然讀起來有些晦澀，但卻是一種新的嘗試。

「晴空蘇打」是一篇描寫人際關係間複雜情愛的畸戀心情，年華老去的離婚婦人、年輕的男孩和年輕的女孩三個人之間糾纏出了一段感情故事。這個故事中人物性格的掌握，若芬下了不少工夫，尤其把安姨（離婚婦人）寧爲玉碎、不爲瓦全的性情塑造得相當鮮明突出，不過相形之下，歐歐（年輕男孩）的面目性格就顯得模糊些。

在「一尾鬥魚的喃喃」中，若芬把一個女子像鬥魚，又像躲在角落生長的蘑菇兩種矛盾的性情勾勒出來，似乎若芬有意凸顯女主角受母親悲劇性格的影響，以及不幸的成長過程，作爲這個故事令人傷感的最大原因。

「早安！丹妮絲」裡，透過一對異國朋友的情誼，若芬流露出想處理中國與外國文化背景、生活習慣、國情不同等等問題的心態，由此可見她的「野心」的確不小呢！

「人性試驗」是一篇相當有意思的作品，格局雖小，然而對人性的弱點卻有深刻的反映，曾永義老師爲這本集子所寫的序中提到「知幾見微的寫出了人性中隱藏著許多不自覺的貪婪」，最能一針見血道出這篇小說的好處。

以一名返鄉探親老人的辛酸爲主題的「日暮鄉關何處是」，則刻劃了人生如夢的惆悵。原有的幸福被戰火燃成灰燼，四十年後再回首，一切已是物是人非了。若芬巧妙地運用兩個場景、兩段時空的交疊（一在大陸家鄉的幼年時代，一在台灣阿里山的老人遊覽活動中），把故事帶出，幼年的歡樂與暮年的孤寂，形成强烈的對比，而對比之中，在戰火流離下人們的悲哀也隱然可見。

「五月暗潮」這篇小說雖然以校園爲場景，但是藉著學生選舉暗諷我們的社會政治卻是一個很重要的主題。若芬在這裡想處理的問題很多，包括政治手段的運用、卑劣的人性，還有熱血澎湃的年輕學生在校園爲民主掀起的抗爭行動。若芬在小說中告訴我們，校園裡爲達目的而運用的政治手段，其實和社會上並無兩樣，人性的弱點在清純的學生身上依然可見，她清楚了解大學生對校園民主的理想、對眞理事實的追求，但她的慧眼也同時看到了大學生被理想沖昏頭的狂熱與盲從。若芬對政治、對社會是關心的，因此也是以選舉爲題材的極短篇「選」，便針對社會中選戰的攻訐和賄選行爲進行批判，這篇作品嚴肅的主題，藉著一個市井之徒替某位候選人向一名終年爲拮据家庭辛勞的婦女賄選而傳達出來，這名婦女的形象，熟悉生動得就像我們的街坊鄰居一樣，的確，我們的街坊鄰居中是有不少接受賄款而投票的人們，這反映出了一個怎麼樣的社會現象？若芬的小說裡，隱隱約約地想探索這個問題。

自然明朗，將作品融入生活中

從整體而言，若芬小說的內容是相當寬廣的，在文字的表現上則很生活化，自然晴朗、毫不造作，像她的人一樣，因此人物在她筆下特別生動，不管是「錯愛」的宋國裕、「選」的林大嫂、「晴空蘇打」的安姨、或是「人性試驗」的莫啓平，彷彿都在我們眼前。除了內容、文字，她相當注意結構技巧，「自動販賣機」就是她求新求變最明顯的一篇作品，而「日暮鄉關何處是」運用場景、時空跳接的手法，也和一般平鋪直敍的描述方式不同，這都證明若芬的小說在內涵和文字技巧上，她是下了不少工夫的。

不過，也許是閱歷較少，磨練不足，這些作品對於許多問題，只如蜻蜓點水般帶過，並沒有深入探討，批判性也不夠强，所以，我總覺得若芬寫作格局小，處理單一事情的篇章較能得心應手。當然，絕不能以此來責備、挑剔她，畢竟，她還沒有走出校園，畢竟，這只是她的第一本小說，有這樣的成績，已經值得喝采。我相信，所有愛護若芬的師長、朋友，都樂於見到她的蛻變與成長；我也相信，不久之後，若芬會有第二本、第三本集子的陸續產生，而且一集比一集好，因爲創作是她堅持的理念，而隱藏在聰慧背後的努力，更是使她一級一級攀上高峯的階梯。

儘管細心採擷，但我知道，「踏花歸去」的馬蹄下，一定有許多我疏漏掉的遺香。

——七十九年一月，文訊五十一期

日暮鄉關何處是

〈衣若芬作品〉

他完全語無倫次，
說到「在家鄉看到了……」，
話未出口，便在喉間哽塞住，
眼前也頓時模糊了。

「現在我們的遊覽車正在爬山，正在爬山噢，大家一定都還未睏飽，平常時也罕得這麼早起來，莫要緊，我介紹今日的行程了後，大家可以再睏一下，」導遊小姐打了個哈欠，繼續說：

「我將冷氣關掉，大家可以將窗仔門開開，讓新鮮的空氣進來，外面的空氣恐怕和我們車內的冷氣同款涼，各位阿伯阿姆最好把帶來的卡厚的衣服穿起來。我們準備三點半左右到阿里山車頭，坐四點的火車到祝山看日出，今天的日出大概是五點二十五分……」

太陽總是先照到秋蓮妹家的山頭，晃亮晃亮的，他明明已經醒來，還賴在床上聽廚房裡的動靜，半瞇著眼兒瞧瞧窗口。

「鐵柱兒！鐵柱兒！」

他故意裝作沒聽見，翻個身又要睡去。

「鐵柱兒！秋蓮喊你哪！還不快點兒起來！」娘在廚房裡說。

秋蓮掀開布簾子，鐵柱兒說：

「天還沒亮，清早淨吵人！」

「天早就亮啦！我家菜園子都曬乾了！」秋蓮索性站在鐵柱兒的床前，說：「太陽老是先叫起我。」

鐵柱兒踢開被子，一骨碌坐起來問：

「妳爹上學校去了沒有？」

「去了，你再不快點兒，就趕不上上課了。」

「我昨兒個聽春生說妳哥要回來啦？」鐵杜兒邊扣鈕扣邊說。

「是啊！我爹聽說城裡不太平，要我哥別念書，先回家避一避，你呢？你爹什麼時候回來？」

「不曉得。我爹這個月還沒寄錢來，我娘說近來買賣難做，怕是賺不了幾個錢。」

「我爹也說……哎呀！羞死人了！」秋蓮立刻把眼光掉開。

「妳才羞呢！『秋蓮，秋蓮，羞羞臉！』」鐵杜兒拿右手指在臉頰上畫著：「偷看男孩子換褲子！」

「哼！」秋蓮轉身就要走，鐵杜兒穿好褲子攆上去問：「好了！好了！妳剛要說什麼來著？」

「甭說了！」

「姑娘家就是會使性子，趕明兒個我也畢了業到城裡唸中學，看妳還跟得了誰嘔氣！」

「要你管！臭鐵杜兒，你美得很！」秋蓮自顧自地走到房門口，扭頭撇下一句：

「我要我爹不叫你畢得了業！」

「怎麼？妳爹是校長就跩成那樣兒？」鐵柱兒接著前面的話頭說：「我當然美啦！蓮葉蓮花都是圓團團的，哪有妳這種大方臉！」

秋蓮正要反駁，鐵柱兒的娘喊著：

「秋蓮，妳吃了末？跟咱們家鐵柱兒一塊兒吃吧！」

他倆走到廳堂，鐵柱兒望著門外綠油油的青山說：

「瞧！太陽是從我家的山頭爬起來照到妳家的！」

「森林裡有一種特殊的物質叫做芬多精，對於我們人體的健康相當有益，可以促進我們的新陳代謝，所以現在流行『森林浴』，呼吸森林裡新鮮的氧氣。我們把窗子打開，正好享受最舒服的森林浴。」司機一手扶著方向盤，一手拿著麥克風，車速均穩地在漆黑的山路蜿蜒。

「同時，由於氣壓比較低，外面的冷空氣會壓縮到我們車子裡面來，形成天然的冷氣系統。大家等一下下車後如果覺得有點耳鳴，那是正常的，不用擔心，阿里山有兩千兩百多公尺，我們可以欣賞台灣特殊的高山景觀，剛才我們導遊林小姐給大家報告今天的日出時間是五點二十五分，在我現在駕駛座的位子可以看到外邊皓月當空，很晴朗，我想今天我們運氣還不錯，應該可以看到名聞世界的阿里山日出。」

余本孝老先生頭抵著玻璃窗，只看見烏壓壓的山頂邊上幾個晶亮的星星，襯在湛藍的天宇，連綴起來，像條拖著長而彎曲的尾巴的大爬蟲。右邊原本在閉目養神的邱桃美老太太突然睜開眼睛說：

「那不一定的，哇來阿里山三拜了，攏沒看到日出，在山下看天氣攏眞好，到山頂就變了。」

「噉？您來這兒第四回了？」

「就是啊！哪不是要看日出，阮才沒想要來呢！阿里山就是日出卡出名，沒什麼所在沒日出？別的山頂海邊仔嘛攏有倘看。」

「我倒是第一次來。」

「你在大陸甘有聽過阿里山？」

來台灣將近四十年了，就是學不會台語，余老先生曾經試著操半生不熟的台語與人交談，結果通常都是引來哄笑，他想再對邱老太太試一次，「哇」了兩聲還是只得作罷，便搖著頭回答：「沒有。」只知道那是個生產甘蔗和香蕉的小島，吃糖和吃鹽一樣方便。

「我們謝謝張先生給我們介紹得那麼清楚，時間還早，我放音樂，這是余本孝先生提供的，大家可以休息休息。」導遊小姐改用國語說。

熟悉的旋律又再度籠罩他，占據他的內心，余老先生像是受了震動，只管凝望著天際那條大爬蟲的尾巴，軟軟柔柔的歌聲唱道：

「好花不長開，好景不常在……」

余伯伯您好：

您託李春生先生捎來的信已經收到了，我爹說不好意思讓您破費，送這麼好的東西給我們，更謝謝您對我娘的關心。

我爹是退休工人，我呢，在玻璃廠工作，老婆在紡紗廠，有一個兒子，大家住在一道，生活都還過得去，房子也還新。聽李先生說您在學校做事，教育單位應該挺不錯的，我會託人打聽您母親的下落，四十年啦，山上房子不知還在不在。望您得空返鄉一聚，重回祖國懷抱。

祝

平安

姪周東臣

「今宵離別後，何日君再來……」

「各位至善里的鄉親父老大家早，我們還有不到二十分鐘就要到阿里山車站，山上天氣很冷，請大家多穿保暖的衣服。昨天我們匆匆忙忙一路趕到半山腰，今天又凌晨兩點把大家叫醒啊，實在是因爲山上的旅舍都已經客滿了，同時我們也考慮山上空氣比較稀薄，像剛才司機張先生講的，氣壓跟平地差很多，各位鄉親父老的身體可能會吃不消，還好大家又都睡了一下，我也是，精神好多了。有的父老有早起爬山的習慣，到阿里山來旅遊正好可以走走山路，欣賞美麗的風景，今天是我們這一次『至善里長青會阿里山之旅』的重點，希望大家都玩得愉快。我們集合下山的時間是……」

「這個陳里長做得不錯」，隔壁邱老太太說：「眞會照顧我們。」

「嗯。」佘老先生附和著，至善里是台北市社區福利發展的模範里，除了老人長青會之外，還有婦女才藝教室，國小學童課業輔導中心，都在年輕的陳里長領導下辦得有聲有色。

「啊！在放錄影帶哩！」邱老太太伸長了脖子，說：「我在我後生家也常常看錄影帶，還有日本跟香港的連續劇，我那個讀國中的孫子好愛看，每次都看到不吃不睏，伊阿姆就給他打，你結婚呀嘸？」

「沒有啦！哇是『老芋仔』啦！」余老先生常聽學校裡那班十七八歲的小孩這樣叫他，有時甚至當著面。聽習慣了，就好似自己的綽號，也不懂得介意。邱老太太聽了咯咯地笑個不止，余老先生想：「以後還是不要獻醜的好。」

原來放的是昨天旅行的經過，陳里長特爲設想周到，請他開相館的好朋友，也是同鄉鄭添發來錄影，現在放到導遊林小姐寒喧一陣後，說：

「我講台語，大家都能聽得懂吧？聽不懂的舉手……」邱老太太又笑起來，余老先生想：「怪不得她一個人占那麼大的位子，心寬體胖。」

「沒關係。我看見那裡有幾位老鄉——老鄉，您好哇！」余老先生舉起右手掌答覆林小姐的招呼，她接著說：「其實很多『國語人』也都聽得懂台灣話了，來台灣幾十年了嘛！……有什麼需要我服務的地方，請儘管吩咐，現在我先爲大家唱一首閩南語歌曲——『風飛沙』……」

「你昨天說你頂個月去大陸？甘那樣？」

余老先生點點頭，昨天里長逼著他自我介紹：「就簡單的說說您的大名哪！什麼時候去大陸，什麼時候回來的，去看到了什麼，有什麼感想，政府有沒有補助您兩萬塊錢旅費，政府的德政……回來以後是不是覺得台灣比較溫暖？……」

他完全語無倫次，拿著麥克風的手微微發抖，鄭添發的攝影機正對著他，使他更加緊張，眼睛都不知看哪裡，說到「在家鄉看到了……」，話未出口，便在喉間哽塞住，眼前也頓時模糊了。

自從抗戰正式開始，余本孝便和父親失去了聯絡，有人說父親在轟炸中喪生；也有人說父親可能飄洋過海，到朝鮮謀生。爲了維持母子倆的生活，他也到城裡找工作，一方面尋找父親。

經由堂兄春生的介紹，余本孝在磚廠搬了兩年的磚。時局越來越吃緊，趁年關剛過，他回家過年時便和青梅竹馬的秋蓮成了親，有秋蓮照顧母親，余本孝也可稍微放心了，況且秋蓮的娘家就在吊橋對面的山村裡，必要時兩家還能互相照應。

長年搬磚不是辦法，秋蓮的父親有朋友開米店，余本孝於是學記帳去了。如今想來，許許多多的事都記不眞切，像是夢裡的回憶，又像是從別人那裡聽來的故事，分不清到底哪些是實情，哪些是夢境。尤其是被徵召入軍隊後一直到來台灣的那一段，照理說應該是極其深刻，但是長期避免觸及生命中的傷口，竟漸漸淡忘疤痕的位置了。

密不透風的小火車裡，一個棕髮的小男孩不厭煩地扭動著身子，「好擠喲！爺爺！你叫他們不要擠我嘛！」

余老先生只穿了件單層夾克，沒想到山上那麼冷，簡直和老家的晚秋一個樣兒，大概是太陽還沒起來，風吹得臉涼颼颼的，四周一片黑暗，半透明的白霧浮在半空中，附著衣袖有些潮溼。幸好車廂裡窩著熱和，雖然不是假日，仍舊擠得人快站不穩，隨著火車前進的節奏振擺。

「爺爺！」小男孩被人牆圍住，聲音也悶悶的，像是要哭出來似的：「我不要去了！我要回家！」

「到這邊來吧！這邊有窗。」余老先生側頭朝車廂中間說，男孩的爺爺點了點頭，拉著推著硬闖出來。即使有窗，外頭還是什麼也看不到，反映回自己的影子，排排坐的年輕人往左右挪一挪，騰出了空隙讓小男孩坐下，男孩的爺爺說：

「還不快說謝謝！」

男孩嘴裡咕噥了兩句，沒人聽清楚他說什麼。男孩的爺爺問：

「您也是參加至善里老人的遊覽活動的吧？」

「欸！敝姓余，請問您？」

「敝姓方，」他掀起胸前的名牌：「方定裕，我昨天聽您說您剛探親回來，我坐在後頭。這是我外孫，强尼。」他想教强尼叫余爺爺，見强尼垂頭坐著，不如作罷。

「强尼？是個洋名字嘛！」余老先生看看强尼發黃的頭髮，摸摸他的頭問：「强尼，你幾歲啦？」

「六歲。」他頭也不抬。

「照我們中國的算法，該七歲了。他爸爸是外國人。」

强尼晃盪著雙腿，踢到余老先生，方老先生怒聲斥他：「安分點！强尼！」

「老家是沒變，倒是人都不在了。」兩個老人一路攀談到觀日台前的水泥平地，余老先生想起母親因忍受不了飢餓而上吊自殺，秋蓮也病故在勞改營，不禁悲從中來。

「有小孩嗎？」方老先生問。

是周東臣？這是個永遠無法解答的謎了。余老先生曾聽到帶口信的人說秋蓮有孕了，然而在那個混亂的時局下，一個懷孕的女人如何養活自己？聽說秋蓮執意不肯和娘家一起離開余家口，要陪婆婆死等著丈夫的音訊，要眞如此，她又怎會改嫁？又有哪個男人願意娶懷了別人孩子的女人？聽說歸聽說，周東臣一直瞞著他母親和秋蓮都已先後過世的消息，直到他千里迢迢趕回余家口，接受致命的一擊！

「哎！我聽說我在大陸的老婆還在等我。」

「你怎麼不回去看看？你拿的是美國護照了，應該早就有機會……」

「我沒臉回去。我娶的台灣老婆一定又不高興要跟我大吵，以前千方百計想弄到美國公民的身分好自由來往，結果現在反而害怕了。我住不慣美國，我老婆倒是以當美國人爲榮，罵我白糟蹋，不知享受，我乾脆一個人搬回來落得清淨。」

後頭圍聚的人羣漸漸靠上來，强尼非常不喜歡擁擠，直想鑽到別的地方，他的爺爺抓住他，他又嘟噥一些余老先生聽不懂的話，方老先生說：

「這輩子像是給孩子賣命似的，把他們一個一個送出去，他們又把麻煩丟回來。我大女兒當初認定要嫁給洋人，親戚朋友怎麼勸都不聽，現在可好，夫妻倆鬧翻了，她又非打官司得到兒子的撫養權，然後呢，知道拖個孩子不方便，就送來台灣，說是給我作伴。」

余老先生望著朦朧的山影逐漸清晰，想起自己剛來台灣和堂兄春生久別重逢，春生正預備開館子，兄弟倆便從頭幹起，後來春生討了住在附近的客家人小姐，夫妻恩恩愛愛，讓他好不羨慕。嫂子生了寶寶，他也跟著樂得什麼似的，三個孩子接連落地，讓他不由得萌生再娶的念頭，而且他意識到自己慢慢成了局外人，不好再叨擾堂兄一家子了，因此就離開兩個人辛苦經營多年的飯館，到現在這所私立職業學校當工友。

雖想再找對象，時機一過就很難再等到了。學校夜間部有個女學生和他挺談得來，放學後常來找他閒聊，老師同學們見了不免話多，尤其十一點多還待在工友室裡，難怪會惹人猜忌。校長曾和他談過，工友和女學生，他畢竟配不上人家，何必讓女孩子平白遭人議評呢？

「啊！快出來了！快出來了！」人羣嘩然，都懷著興奮期待的心情，滿天的紫色現在已透出藍光，接近山的剪影處是橘紅和鮮黃，方老先生扶住强尼站在護欄後面，指著霞光飛散的對面山窪：「不到阿里山，不知道台灣的美麗……」

一道金光乍現，山谷的藍霧都已消融了，隨即天地間同聲「啊——」的驚嘆，三秒鐘之內，騰空躍起了燦亮的太陽，射出了宇宙永恆的萬丈光芒！

大家騷動著，把適才屏氣凝神的莊嚴虔誠氣氛沖淡，像是完成了宗教的儀式，在頂禮膜拜之後獲得心靈中極大的滿足和慰安。余老先生迎著刺眼的陽光，久久不忍離去，霧氣會蒸發，聚攏成雲海，無論是兩千多公尺的高山或者零海拔的平原，當太陽無私地照耀大地，正是一天希望的開始。他閉上眼睛，感到臉上的溫熱正朝下淌——「太陽老是先叫起我。」——「瞧！太陽是從我家的山頭爬起來照到妳家的！」

强尼直嚷肚子餓，要吃東西，方老先生說：「待會兒見，我先走了！」便一路呼叫强尼，追趕他快要隱入離散的羣衆中的小小身影。

余老先生也循照觀光步道和年輕男女的手提收錄音機，蹀躞著悠然下山。一種前所未有的寧靜祥和使他在激動之後滿心舒坦，他也有自己的歌，忍不住要低聲吟唱，用鼻音哼著前奏，然後張開口：

「好花不長開，好景不常在……」

行經一座小吊橋，他奮力蹦跳，吊橋上下搖動著，使他有點兒昏眩。橋下有溪水切割著亂石，他手把著扶欄繼續彈晃，左右斜背的旅行袋和水壺打在兩邊的腰際，腳穿的黑布鞋是周東臣的老婆親手給他縫的，他不管頭暈，隨吊橋盪啊盪——

「臭鐵柱兒，別使勁兒晃哪！」秋蓮在後頭危危顫顫地走，鐵柱兒嘻嘻笑著，故意逗她：

「搖啊搖，搖啊搖，搖到奶奶橋。」

奶奶好，奶奶好，奶奶問秋蓮幾時上花轎？」

「別胡謅了！鐵柱兒，橋要給你搖斷了！」

鐵柱兒抬頭看滿天紅霞裡陣陣歸鳥撲翅向山裡飛去，秋蓮跟過來站在他身邊，她的臉蛋、衣裳也都是紅通通的，學他望著飛鳥，兩人好半晌都不發一句話。山谷間突然響起鐵柱兒的娘的呼喚：

「鐵柱兒！玩瘋啦！回來吃飯囉！」

「鐵——柱——兒——吃——飯——囉！」

他扯一扯秋蓮的小辮子，她氣得大叫，鐵柱兒邊跑邊回頭說：

「明兒見！明兒太陽會先叫我起來！」

吊橋下的石塊堆又溼又滑，余本孝老先生一面踉蹌地走著，一面喃喃念叨：

「一二三，到台灣，台灣有個阿里山。

阿里山，種樹木……」

——七十七年九月，「家庭婦女」雜誌七十五期

年輕出擊

民國五十二年生，台北市人。畢業於台北商專企管科。現任自由日報副刊編輯。著有小說集「失血玫瑰」、「愛染」。

楊麗玲

T or F：令邏輯失血的玫瑰

楊麗玲和她的「失血的玫瑰」

◉陳裕盛

如何去了解一個二十七歲女子的創作世界？如果我們純粹以讀者的立場，當不難發現坊間的書市，有許多所謂「名家」。但，若我們改以一個世代爲臨界點，今年方出版第一本短篇小說集「失血玫瑰」的楊麗玲小姐，卻足以自成一格，揮刀劈砍邏輯的本體，再昇華成自我的世界觀。

從楊氏首篇小說「玉蓮嫂」、「殘雲」，到近期的「失血玫瑰」、「桃園三結義」，甚至晚近的「黑色春典」，除了在作品風格、敍述型態上，呈現一個完整的階段性；而在不同階段的作品，也在敍述口吻上，脈脈相承。「多重人格」雖是一種心理疾病，在寫作上，明晰的人格分水嶺卻是一個優點。

意圖結構一個作家，絕不可片面地從某些作品下斷言。很明顯地，楊氏的創作尚源源不斷，我們不妨從作者已完成的作品，來推測她在小說中揭露的種種問題。

筆者給了自己方向以後，隨即發現第一個問號——楊氏在敍述觀點爲男性時，幾乎將自己的性別意識，貶抑到蕩然無存。在小說「桃園三結義」、「失血玫瑰」中，表達得最爲明顯。要是稍留心，在「殘雲」中，楊氏對男性角色的敍述，即已有熟練的表現。不過，楊氏應在角色性格貼近時，注意這種易生混淆的情況——楊氏的多篇作品，均以交叉場景的手法，在現實與虛設的場景間奔竄，故人稱觀點上，也容易給讀者帶來迷惑。

「玉蓮嫂」敍述一個寡婦的遭遇，苦命之餘，在領貞節牌坊前慘遭强暴，有鄉土的寫實陰影，也對傳統的貞操觀抱以悲憫。由於該作佔楊氏作品比重不大，故在這裡，我們毋庸爲此作品贅述，直接進入楊氏精彩的後期近作，對了解作者而言，新作是較爲重要的。

楊氏稍後的作品「殘雲」，雖仍一貫「玉蓮嫂」的作風，但在意識的傳達上，已較爲成熟。日後交叉敍述、人稱變換的寫作方式也呼之欲出。和「玉蓮嫂」相較，「殘雲」無疑更具重要性。老嫗生前，純敍事；死後，筆風轉得自然，在冥間觀看後代子孫的爭端。

在中期作品「你家門口死了一隻貓」和「揹起一口井逃生」裡，楊氏一反早期的筆風，跳脫出人文背景和社會變遷的情結，轉而諷刺政治、批判環境，乃至對人際關係和進化提出質疑，可以說是一項重大的轉變。

這篇作品和「殘雲」一樣，有滄海桑田的哀戚。只是對社會變遷的註腳，因時代更向前推得深入些。作者以一隻死貓和衆多人物的對白爲故事主幹，所謂「你家門口」，實際上是很多人的門口，疏離感在這樣的安排下，自然地產生。作者又在文中强調日裔，這也反映出上一代的文化情結，和下一代的認知反其道而行，在結論出現以前，誰也不知道一隻死貓有這麼些名堂。

「揹起一口井逃生」，蛙的世界與人的世界，同時進行著荒謬的權力鬥爭。寓言式的筆法，除了閱讀趣味盎漾，也暗喻了進化的危機存在。筆者在楊氏流利順暢的寫法中，找到另一種可能的解釋——政治的意圖，憂患的意識，構織成一幕幕以進化爲攸關的舞台劇。到最後究竟是動物（青蛙）或人類爲演員，也難以分清了。這又產生了種族問題的間接投影。

楊氏在九〇年撰寫了一系列的青少年小說。將這些小說視爲她的近期作品是理所當然之事。目前，她已經完成了四篇：「棉花糖」、「失血玫瑰」、「桃園三結義」（以上收於楊麗玲短篇小說集「失血玫瑰」）及「黑色春典」。方才所提的交叉寫法，在這些小說中運用得更廣，同時作者也一反冷靜、穩定的客觀敍述，使用大量的聳動詞句，使得文字本身產生一種韻律，更形鮮活、動感。被作者刻意切得支離破碎的時空，以瑰麗的文字相互滲透，反而得到更深入的連結。作者醞釀多時的時空錯置、分割，在這些小說中表現得淋漓盡致。所有的劇情、架構在支離的感官印象上，而讀者則必須帶有一種解謎的心態，方能完整地結合拼圖般的劇情。也由於建構出劇情，讀者才能進入楊氏鋪陳的主觀經驗。

「棉花糖」敍述一個將近二十的青少年，混在十二歲左右的孩子堆裡，在一件銀樓搶案的前題，引出這夥人「結夥搶劫」的可笑罪名。我們下一代的生活環境，在這裡受到關注，這些孩子搶劫的所得也少得可笑，而我們的主人翁，似乎必須爲此去負擔一個「唯一死刑」的下場。在小說中，楊氏也對社會環境與法律的糾葛，提出「特殊案例」。

「失血玫瑰」講的一樣是十七、八歲青少年小說。故事風貌發展到美工專業學校。這些小孩活在漢堡充斥的世界，迷惑地滿口三字經、滿口性愛、金蒼蠅。楊氏的刀口轉向教育，這令我想起搖滾巨星平克．佛洛依德（Pink Floyd）的傑作「THE WALL」。教育的陰影，性愛的遐想，鮮明的文字色彩，構成這篇作品。這些青少年在假世故的驕恣中，意欲探尋自我的本質，卻終於還是在未明的環境壓力下，趨向毀滅。這個作品幾乎可以說是國外所謂「Y．A電影」的台灣本土版。他們有自己的時空，但零亂得不知所以，愛在這裡便形成一種負擔和疑慮。楊麗玲除了將問題看得十分詳細，功力也大有進境。

「桃園三結義」是一宗紙上談兵的綁票案。在沙盤推演上，甚爲成功的一幕綁票，轉而到了現實，綁票對象竟是當年的同學，除了對楊氏推演劇情的方式感到意外，小說中青少年的思維也令人咋舌。我們無從界定青少年的價值判斷，但基本上，小說的驚聳劇情也未必不是社會的翻版。楊氏挖掘了許多社會問題，懸而未決。我們且看所謂社會、教育的專家們，如何面對許多自己製造出來的下一代。

離奇瑰怪的「黑色春典」，是楊氏的新作。詭譎的筆風，强調「靜物」的內容，讓人想起法國的新小說。歐陸的文學觀，楊氏將之套入西區少年的生活圈。了解這個作品，是件吃力的事。如果無法分清主角的地位就難以進入文學世界。少年看著自己在新公園的行徑，追溯往事，而後細看一幅畫，中古歐式的畫，他看著自己看那幅畫。所有的事件，自這個定格出發，中古的故事，依照楊氏的慣用筆法，又理所當然地和現實錯雜。這個故事，技巧的運用和文字的張力，明顯大於故事本身，反而令讀者迷惑。也許不算十分成功，但在技巧上，卻是一種突破。

綜觀而論，楊氏如拼圖般零散的劇情敍事相當容易令人忽略劇情的整合力量。不要忘了拼圖本身也具有一個完整的圖案。而透過楊氏筆下呈現的圖案，我們可以明確地看出，作者執著在邏輯的眞（T）或僞（F）之間，進行一場無休止的爭戰。希望與絕望的衝突間，不論邏輯的名堂如何變幻身姿，闡釋眞理的花樣儘管層出不窮。楊氏依然一本初衷，毫不妥協地將邏輯切割得遍體鱗傷。

楊氏在「失血玫瑰」的自序中如是說：「眞的謊言與假的談言均曾被選擇來見證迷思的關鍵。」在她的小說中，我們發現楊氏的希望與絕望，我們看到社會人文的變遷和道德責任的使命感。

長篇小說「愛染」和短篇作品「變色龍」，是楊氏新近致力的作品。前者敍述同性戀者的圈內實錄；後者延續她青少年系列的慣有風格。不論如何，我們樂於見到這麼一位具社會良心的後起之秀有新作品產生，也期待她成爲小兒女文學之外的文壇健將。

——八十年一月，文訊六十三期

〈楊麗玲作品〉

黑色春典

甘願娶婊來作某
絕不娶某來作婊
……少年得意如尚未出生的胎嬰，
感覺世界完全歸他所有。

我想重繪這幅畫，讓「靜物」動起來。
如果你相信這一個玻璃杯能裝茶也能裝精液。
如果你相信一顆人頭代表死亡也代表死不瞑目的嫉妒。
如果你相信一本書被翻閱才產生意義，而意義也同時瓦解。

如果你相信一柄長劍既閃耀榮顯的光芒，又黏附最噁心的罪惡與血腥。

如果你相信一枚貝殼可以形若乳房，並能引發有關海洋的幻想。

那麼，何不試著多相信一些？

相信一個夢，夢裡，海和歡愛的波湧重現。

水光粼粼穿透視覺，穿透視覺，唇與唇確曾在波間接吻，吐出一圈圈白色泡沫，而後，旋成巨大的浪花。

這朵銀白的半透明的花飄動起來，如水母般滑過粗糙的岩石，滑過湛藍的海，在水平線盡處，撞上一條船。

當時，暴風雨未來，曦暉優雅地閃著薄薄金色。

幾隻鳥停在船頭。水手們猶在昏睡。只有少女的父親在甲板上，垂著滿佈風霜的臉，手裡拿著一枚貝殼。

風起時，老人的淚已經滴濕珍珠的龍宮貝，並且從黯淡的瞳仁看見憂傷已久的心事。

那位佛拉芒地區最美的少女究竟那裡去了？很久了，老人惟有在淚水中才能見到她。

她所喜愛的那本書，至今依舊留在陸地上一所紅瓦房子裡，每天，黎明的第一束光仍從窗口透進，照亮遍覆灰塵的古老家具。

厚重的絨布窗簾曾經遮掩所有的秘密，如今每到陰雨天，就開始唏嗦耳語，發出陣陣怪味，使家具不安地抖顫，吱吱嘎嘎的尖叫哨向海面，驚醒每個逐漸下沉的夢境。

你或者試圖否決夢魘帶來的惶恐，然而，一串足音自遙遠響起，那是幾億萬年前呢？關於第一隻難以確定性別的生物突然聞到春天的氣息，躁鬱地蠕動滿覆絨毛的足……亦或，單純些，那只是當第一個男人被女人所愛，慌亂失措，戰慄地奔跑起來，肥而敏捷的足尖震驚大地，使海洋倒旋，……足音就此隨潮汐起伏，被浪濤一再聲傳。

然而，無法確定，浪聲在陽光中所欲揚遞的訊息。

惟可確定，你所看到這名少年的夢幻暴露在光裡，這束光誕生時是金色的，幻為銀白，轉成淡藍……，而他的夢幻因於昨日的某種刺激，遺失在今日的現實裡。

此刻，他雙手交疊，脖頸微奇，半瞇著眼，看見玻璃杯所映現的窗戶是曲線形的。褐色液體浮滿泡沫，危險地幾乎溢出杯緣，杯底襯托著一圈小小的由泡沫綴成的項鍊。這個杯子靜靜擺在階梯最末的位置，造型是二十世紀法國中產階級仍然常用的那種。

他的視線裡晃動液體的波紋，褐色的幽微的無聲的渴欲，哽咽在冰冷的唇角。

就在昨日而已吧？他的唇尚未失溫，於懵懂之海中邂逅另一組玫瑰色的唇。甜軟的味覺透過兩片舌尖互傳，時間倒置，空間崩碎，剎時，他跌回母體的子宮內，泡在溫暖安全的羊水裡，任快樂的肉體不斷腫脹……，果不其然，一具浸泡完善的標本，終成他最後的形象。

自然，如果他能，而且願意抬起頭，將發現扭曲形的窗戶其實並不扭曲，正隔住一片方整的天空，時間恰是十點正，窗外，曾經照耀二十世紀中葉的巴黎陽光，同樣照亮二十世紀末台北的街道。

且試試看，讓他放下緊張的雙手，套件西門町少年愛穿的隨便什麼名牌衣服，走進實景中，即刻會獲得視覺上的認同。

那麼，現在，你已經看見他雙手插在口袋中，吹著口哨，從武昌街經過，頸間繫一條剛買的圍巾，兩端垂向胸前，末梢流蘇隨風晃動。

他站在麥當勞速食店前，邊吃可樂、漢堡，邊看櫥窗電視牆。

兩名國中生熱切地討論麥可·傑克森會不會娶伊莉莎白·泰勒的問題。

「幹！我打賭他沒兩天就蹺家，娶一個老母來管自己？會衰啦！」

「可是雜誌說伊莉莎白·泰勒很浪漫咧！嘻嘻……，老薑比較辣，A片不是常演那種那種——。」

他回頭狠瞪一眼，表情厭煩地走開。

其實，昨日之前，他愛聽也愛看這種這種……，熱衷程度高達沸點，甚至，如你所知，我們的年輕人呵！受各類媒體資訊實與不實的教育，往往超過學校教育。無庸置疑地，愛與性讓人成長，他突現的鬥雞般高傲的姿態絕非作狀，其中或許不乏情緒膨脹的因素，卻依舊可信。

看吧！他往博物館的方向走去，罕有的冬陽穿透葉隙，篩下佈滿黑點的溫暖，一位老太婆攔道兜售口香糖，他竟笑了，從未有過的悲憫如流迴盪胸臆，他掏出錢，買了十條箭牌，呵！十條，不是司迪麥。

令人遺憾的是，這十條箭牌的命運，由於一件意外，未拆封，就從憤怒顫恨的手掌跌落，在博物館的大理石地面上散成失措的形樣，隨即被管理員掃進垃圾箱。

他呆呆地不想知道剛剛發生過什麼，以及此刻正在發生什麼。那正是一切的危機所在。但是，再安靜的窗簾，總會偶爾被好事者翻動，屬於一枚貝殼、一柄長劍、一本書、一顆死人頭、一個玻璃杯以及少年所共有的秘密，被以一束光表達。

●

那束光誕生時是金色的，幻爲銀白，終於變成淡藍，在暴風雨來臨前，與海水的顏色柔和疊映，使人相信永恆、歡悅、幸福、運氣、美好……，均可預期。

但是，你相不相信浪花飄動的力量，也足以擊毀一條船？船上的老人，曾經站在甲板上思念女兒。

這位佛拉芒地區最美的少女，總愛穿低領口的衣裙，從她想看一本全是禁字的書那天開始，可憐的父親就有了心事，日復日，夜復夜，自怨自艾地歎息，終於帶著絕望的酸楚逃往海上。

海風鹹而沉重，慢慢變得蒼老的父親，依舊在睡不著的夜裡，捧著貝殼落淚。

●

你要試圖相信，完全無光的黑夜裡，蘊藏無限可能，人類肉眼看不見的部份，最容易引逗想像，而這是我同情愛慾的原始趨力。

貝殼是魯班畫筆下女人的乳房。

少年看到高腳的拱形玻璃杯之前，首先看到的是置於階梯上方的貝殼。顯然地，一雙肥而敏捷的赤腳剛剛踏上階梯，在貝殼旁留下未乾的足印。梯階是紅色方形磁磚鋪成，框著新木邊。

幾個世紀前，屋主大肆翻修後，把產權賣給一位畫家。由於急著結婚，就不計較屋價，畫家只依妻子的意見堅持，要求加裝厚重的絨布窗簾，其他部份則維持原貌至今。

年初，一位土耳其精兵來到佛拉芒地區，與喜愛花卉的畫家變成莫逆之交，日日歡宴，並且一再延長假期，等待慶賀將屆的婚禮。

聽多了台灣流行的諺語，對於這種事，少年的理解是

甘願娶婊來作某

絕不娶某來作婊

這句話一再自我暗示，成爲夢幻具體實現的母體，使少年得意如尚未出生的胎嬰，感覺世界完全歸他所有。本來，少年有股衝動，想把念頭告訴他的拜把兄弟，尤其關於

那組紅唇的美妙奇遇……。幸好，某種複雜考慮抑止了愚行，秘密擱淺在胃裡，不斷發酵酸甜的滋味，留待後人反芻，否則，我們將失去他的行蹤，失去一切可能追尋的線索，陷於疑惑之海的你，即使翻書也找不到答案。

因爲，少女想看的那本書一直沒有打開，父親的痛苦顯然多餘，不過，或許主要因素根本與書無關。

你可進一步探究，情、慾、愛、精液、卵子、獸性、人性、生殖與社會生活的錯綜複雜關係，而道德的約限，從宗教遞變爲法理，「姦」字被各世代以不同意義解釋，「人倫」與「亂倫」的心理狀態，絕非僅是正反對比，男女男女男……的排列組合，激生力量，推動世界運轉，我們身陷其中，渴望向上，然而，對於一枚貝殼，又能要求什麼？

少年什麼都不想要求，甘願娶婊來作某，卻其實要求更多，絕不娶某來作婊。身陷發瘋的文明其中，一步步走上博物館的階梯，心中不斷回味兩波間的吻痕。

那是昨日。女人的淚滴濕他的脖頸，微癢的溫暖滑向裸裎的肩頭，留下酥酥麻麻的顫抖。他迷惑了，一個做愛後會流淚的女人，年齡與母親相仿的婊子——，是的，三百六十行裡，女人不流淚地幹這一行。他在意什麼呢？女人給他買圍巾、買新衣，還有一個大紅包，母親不也都這麼做？但是，斷奶後，母親堅決收回乳房，女人卻重新給了他，他在意什麼？

畢竟，那是少年失去乳房擁有權後，再次擁有的第一枚，眞實、柔潤、晶瑩如玉，從A片到行動，從視覺經驗到觸覺經驗，相差何止概念？因此，你所見的，現在的他與往昔的他截然不同。

昨日之前，你看見他騎車經過西門町。

醜陋的電影街修竣完工，改名「彩虹步道」，正展開啓用典禮。

緊張。整潔。奇怪的安靜。人羣。街道。

他將車停在開封街尾走過來。

沿街商店張燈結綵，紅布條、旗幟滿天飄揚，角落躲著一羣羣武裝警察。

緊張。整潔。人羣。猛然爆發的——

鞭炮。鼓掌。

本市笑瞇瞇市長率領鼓號樂隊，於西門町圓環處剪綵後，週遊「彩虹步道」。

笑聲。樂聲。語意碎裂在震天喧響的歡悅裡。

少年擠在人羣中。慶典要延續到晚上九點。他很快樂。其實他怎麼樣都不會快樂。

來來廣場有露天歌舞秀。歌星影星舞者都很菜。服飾店那套皮衣很跩一萬八千元。XV400CC原裝機車好拉風十二萬多。臉上青春痘未消。三科死當。拜把的說明天要去幹架，記得帶傢伙。前天手淫了三次，會不會倒陽？會不會傷身？幹！化學老師的球好豐滿。他怎樣都不會快樂。他要快樂。

少年笑過一陣後，刁著煙四處晃。

巷子裡，一輛紅色VOLVO停住，美麗的女人和腦滿腸肥的男人走進HOTEL。他掏出鑰匙，挨車身走過，紅色烤漆上，頓現一道鋼利的刮痕。

這就是少年，單純的複雜年少。你也曾年輕過吧？回味一下。然而，不同，誰能以逝去的成長經驗揣度正在進行的方程式？解碼不同，遊戲規則各異，我們難以漠視，無能管束，蒙眼不是，激怒何用？難怪你的憂愁呵！「才下眉頭，卻上心頭」。但是，這樣的破舊語言，只會更引來少年的嘲笑。

果然，少年哈哈大笑。

●

原先是，一束光從左邊落下，把油畫切成兩個斜面，把兩個角留在陰影下。那束光誕生時是金色的，幻為銀白，終於變成淡藍，輪流照亮梯階上的一枚貝殼，一把長劍，一本書，一個死人頭，一個煙斗，一個玻璃杯。

我隱約聽見少年的笑聲從光束裡傳來，瞠目凝視，卻一無所獲，只好以夢幻式的囈語把他泡成類似標本的形態。

●

你所見到的，貝殼是球體；弓形長劍的柄是雲母做的，正從黑皮鞘中出來；書的封面是白皮；沒有下顎的頭不笑；土製的煙斗很長；高腳的拱型玻璃杯反映著一扇瑣窗；這些物品正走下階梯。

我們不斷揣測現實世界，抱持可確認的意見，解釋不可確認的人、事、地、物、時，以可信任的價值觀，附予一切不可信任的價值，因此，你認為，你相信，最後，你肯定迷失於最安全的範圍。

●

果然，少年哈哈大笑。

畢竟那是他的第一次。

當他看厭人羣，看厭啓用慶典、看厭露天歌舞秀，踩過滿地零亂的鞭炮屑、煙蒂、果皮，刁著煙晃進巷弄，原爲吃一碗麵。

然而，搞不清楚，茫惑少年發覺自己竟是尾隨女房東款擺如浪的裙腳，一階階步上幽暗的樓梯，階梯又寬又長，越向上，就越來越窄越小，呈現螺旋形，螺旋尚未轉半個圈時，樓梯就變成狹而峻峭的，沒有扶手的過道，在越來越濃的幽暗中向高邁的拱形天花板消失，轉進一間看不見的臥室。

室外，一隻鳥叫著海潮急旋的聲音。

女人在他脖子裡哭，淚水滴向硬而泛青的肩胛。

一件低胸的藍衣裙跌在地面上，綢質的亮度皺成一團，銀白色的裙襬滾成花的弧度，香水的味道，從低領口的金邊上氤氳地飄出來。

女人肉感的紅唇，以一種猛烈的姿勢，沿肚臍線吃向腹股溝，越來越淡，消失在少年倒V形的黑色絨毛中。

他哈哈大笑起來，抑止過份快速的呼吸起伏，然而，節奏更快了，少年最後的掙扎，把地毯弄皺，弓曲的脊背，顯得沉默、僵硬，而且開始凝固。

女人的膝蓋至今是彎著的，乳尖垂下來，有點鬆弛，但是繡著兩朵顏色濃褐的鬱金香，柔和的曲線彷彿在飄動，渾圓的腹部有紫色的陰影。

少年猶記得那種複雜的觸覺，像握住去了殼的貝類。

除非依賴本能，否則很難掌握事件發生的輪廓，一切都如此模糊，所能憑藉的只是最小的細節。

就像被一再踏過的階梯，腳步把少年帶到這裡，被左邊射下的一束光照耀，也很難說光線來自何處，沒有任何跡象顯示左邊有一扇窗，或一盞燈，因爲玻璃杯上映現的瑣窗在右邊。

高一點的地方，整個場景又空了。

你能得到的暗示，是幾件物品正在走下階梯。

那柄長劍是土耳其精兵的

煙斗和玻璃杯是畫家的。

人頭是屋子的男主人的。

貝殼上留有一些污漬和白色泡沫乾涸後的痕跡。

書本若被打開後，只露出空白的紙頁。

不過，婚禮如期舉行。一月末，畫家娶了佛拉芒最美的少女。宴席擺得十分長，從室內到戶外，銀色燭台排成兩列，火光映照下，一千朵玫瑰花瓣鋪成的絨毯，蜿蜒向幸福彼岸。

琥珀色的美酒把大家都灌醉了，散席後，只有一男一女竭力保持清醒。

土耳其精兵並未離開，脫下緊身的軍服，換上寬大而舒適的綢質睡袍，睡袍的一角被風吹起來，露出繡著鬱金香的裡子。

少女的父親倒是提早離開，宴席才剛開始，就悄悄收起僵硬的笑容，隨船出海，並且預備不再回來。

好長一段時間，烈陽曬皺失去彈性的肌膚，浮起竭色斑點。變成老人的父親面無表情，把貝殼舉向耳邊，聽海風的聲音，並且拿著貝殼入睡，一隻手緊握著直到步入夢中。

●

夢裡，海和歡愛的波動湧現。

有什麼人在夢中輾轉反側。

或許是一隻鳥在淩晨邊緣啼叫。

在這個懸空的傾刻，一種潮溼的淒涼，在風中水中沙中天空中蹣跚。

一句不適切的台灣諺語，像一個黑色的定點，被飾以細緻的、綠色的圖案。

甘願娶婊來作某。

絕不娶某來作婊。

微光照在上面，讓我們窺測修辭學背後的語意。

固然，我的知識有限，一句粗俚的俗話，卻自有它謹慎的，透明如水晶的豐采。

那是有裂縫的喃喃自語，爲悲劇化妝過的憤懣。

當染色體X與Y在激情中相遇，雄性微粒孕結二百八十天發泡的尊嚴後，睜開驚恐的雙眼，發現——它終要發現，發現自己悲哀的命運。不可摧毀的男性，不可辯識的原慾，自墮世的第一天，即陷溺於「婊子恐懼症」中，脆弱，可受傷害，而且血痕累累。

我們原無需在意，「婊」字既經定義，即爲男性而存，卻又爲男性所恨，尋乳的過程，甜蜜由此產生，殺戮由此開始，精液所無法解決的問題，被問題給解決了，而人們把這部份名之爲「愛情」。

只有呆子才會給煽惑了！無論「娶婊作某」或「娶某作婊」，你知道字面背後眞正的指向，既非「某」也非「婊」而是這兩字的先後順序，以及驚慄太甚後，自我安慰的囈語。

我因此決定重繪「靜物」。然而，事實上並無「靜物」這幅畫，那只是一篇小說，導致某種意念的推測。

對性對愛進行探索的同時，一名畫家，一個土耳其兵，一位父親及一位佛拉芒少女間曾發生的故事，被賦予另一種看法，而少年的存在，既涉進畫中，又出於畫外，當他代表男性與女子相戀，不同故事相同本質的恐懼於焉誕生，夢幻最深處的禁忌，如煙輕輕騰起，在「靜物」左上角畫出複雜的氤氳，從一個黑色定點的軸心昇高，向右越過，又從另一個方向出發，再回頭，旋出不規則的曲線，越來越淡，昇向畫布最高處。

●

最高處，有一間看不見的臥室。

父親離開後的屋子，除了階梯和窗簾，整個佈景都是空的。

一束光從左邊切下來，使兩個角落的斜面留在陰影中。那裡，有一團黑影正在慢慢前進，隱入厚重的絨布窗簾。

醉醺醺的畫家原該直接步上階梯，因爲階梯盡頭，剛作了新娘的佛拉芒少女正在等著……，然而，似乎想起什麼，畫家微側著頭，改變了方向，朝窗簾走去……，快接近時，卻轉頭，眼神木然，但是表情既緊張又恐懼，像在等待一件突發事件，或是用最後一眼監視全場的靜止。脖子的線條十分僵硬，雖然目光向後望，但身體仍然向前，彷彿繼續前行，膝蓋彎著，左腳離地面約莫三公分，快速觸及地面，或猶豫著，不敢再踏出一步。

但是，這個姿勢沒有維持很久。

畫家消失後，土耳其兵從窗簾裡出來。

角落的斜面處，似乎有一大灘一大灘的血泊，從暗影流向亮的地方，長度不等，漸漸分岔、變少，蜿蜒成細細的血絲，在階梯下畫成網狀，並且開始乾涸。

土耳其兵臉色慘白，混雜了陰狠、殘酷卻又不知所措的茫然。儘管顯得態度從容，默默脫下軍服，換穿預備好的綢質睡袍，但是，發抖的手指及額上淌下的冷汗，卻揭露一切秘密。

現在，土耳其兵已經踏上頭幾級階梯，準備向上爬，卻又突然回頭一瞥，露出掙扎而狼狽的側面，那是由於期待已久的激情，似乎不敢相信發生前後的所有過程。冷風吹起睡袍的內裡，那朵畫家自己繡上的鬱金香忽隱忽現地飄動，彷彿暗夜裡的鬼火。

土耳其兵的劍掉在階梯第二格，而今，他已走入一間看不見的臥室裡。

那位畫家一直都不知道臥室發生過什麼，以及此刻正在發生什麼。只是，年初，男主人就已失落了妻子，使日色蒙上陰影。而階梯上的人頭中，眼眶還蓄著疑惑，眼球下的兩道白光也顯得驚訝。但是，在最隱密的屋子裡，總有一個煙囪或窗孔會通向天空，什麼也不想知道的畫家就用一束光來表達。

反射在玻璃杯上的窗子是曲線形的，空間試圖突破封閉的窗孔。窗孔上，一束水銀即將刺破畫面，向無限逃逸，只留下被黑夜裹著的破船。

這條船上的父親已失去蹤影。

當屋裡發生的罪行傳來時，海面正巧碰上暴風雨，水手們被惡浪推過來、掃過去，完全無法抵抗，也救不了沉溺於悲傷的老人。

自然，臥室裡的情夫情婦如今已是死者，因此，整個場景都空了，只留下階梯上一枚貝殼、一柄長劍、一本書，一顆死人頭和一個玻璃杯。

這就是少年所看見的畫面。

當少年從陽光最明燦處走進博物館，視線有一刻昏茫。他張開嘴，彷彿要大吼大叫，但是，極力忍住，四肢因而顯得痙攣，十條箭牌口香糖從掌心跌下，落在地上，並未引起太大聲響。

沒有人望向這邊，雖然博物館顯出一種寂靜的喧譁，但感覺是陰沉沉的。他突然覺得很累，什麼都不想知道，不願猜測發生過什麼，以及此刻正在發生什麼。

少年慢慢退避，退向最不起眼的角落。那是窗簾背後，博物館堆集待收拾物品的地方。少年一動也不動，沉默、僵直，但是能猜出他內心的激動與掙扎。

他的頭微倚，雙臂抓住顫抖的自己，黑眼珠隱藏著痛苦，目光猶疑、驚訝而困惑，似乎望向一個黑色定點，其實是望向被摧毀的夢幻。夢裡，海和歡愛的波動湧現。然而，那是怎麼回事？多麼俗氣的情節！那名在他脖裡哭泣的女人，此刻，或是前一刻，正勾著另一位少年的手，悠閒地出現在長廊盡頭。他們可能從誰的古典畫上，得到現代趣味，說著笑話，以耳語的方式交談，幾綹髮絲從女人的側面垂下，半遮住鮮麗的紅唇。

●

那名少年正是他的室友，兼拜把弟兄。

多麼荒唐，我的聯想。

●

金光、銀光、藍光只代表一件低領口衣裙。

如你所知，夢幻總是易碎，俯視自己的少年，彷彿經歷一場不知敵人是誰的戰爭，流過血，流過淚，長長的戰爭結束了，打敗了，卻仍有一生要過。

記住，女人曾吻過的肩頭，女人曾在脖子裡哭泣，少年半瞇著眼，試圖回憶，或試圖遺忘，徘徊兩者之間，猛然回首一瞥，視線望向一幅舊畫，消逝的青春，已凝成一具蒙塵的雕像。

●

這幅畫的張力，正表現在隱形的光源與可被臆測的黑暗之中。

如今，「靜物」的畫家已去世數個世紀，屬於他的煙斗和玻璃杯也進了博物館。那天，我好事的手拉開推物間的窗簾，一眼瞥見自己蒼白的年少，靜靜向我對望過來，某種微笑，在我們彼此之間遊走。

我拿起尚存餘溫的煙斗，撫摸那粗糙如鷺鷥腳的表面，突然，「靜物」完全消失了，只賸一本懸浮的書，打開了，露出空白的紙頁。

從左邊落下的那束光，逐漸變淺。

——自由時報79、9、24～25

文訊叢刊⑯

人間有花香

林佩芬、林剪雲、李若男、黃秋芳、
衣若芬、楊麗玲

編輯指導／封德屏
美術指導／劉　開
責任編輯／王燕玲・高惠琳
校　　對／孫小燕・黃淑貞
內頁完稿／詹淑美

發 行 人／蔣　震
出 版 者／文訊雜誌社
編 輯 部／臺北市復興南路一段127號三樓
電　　話／(02)7711171・7412364
傳　　眞／(02)7529186

總 經 銷／聯經出版事業公司
地　　址／臺北縣汐止鎮大同路一段367號三樓
電　　話／(02)6422629代表號
印　　刷／裕臺公司中華印刷廠
臺北縣新店市大坪林寶強路六號
電腦排版／浩瀚電腦排版股份有限公司
電　　話／(02)7771194
地　　址／台北市忠孝東路三段257號５Ｆ

定價140元(如有缺頁、破損、請寄回本社調換)
郵撥帳號第12106756號文訊雜誌社

中華民國八十年六月十日初版
行政院新聞局局版台誌字第6584號

新書預約

〈文訊叢刊〉

陪您共享文學高貴的心靈

文訊叢刊⑬

知識分子的良心

連橫、嚴復、張季鸞

文訊雜誌社主編　定價200元

連橫撰述台灣史，
嚴復譯介西方社會科學，
張季鸞的報業成就，
他們的人格風範，堪爲知識報國的典型。
透過專文評析、學術論辯，
讓我們更淸楚了解其生平、思想及成就，
進而尋找出現代人可供借鏡之處。

文訊叢刊⑭

結婚照

文訊雜誌社主編　定價140元

美麗的鏡頭，
甜蜜的笑容，
龍瑛宗、羅蘭、宋瑞、林良、鍾肇政、
丹扉、華嚴、洛夫、瘂弦等三十位作家，
以文學之筆，訴說永不褪色的愛情。

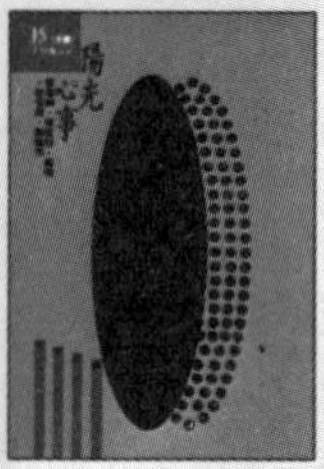

文訊叢刊⑮

陽光心事

張曼娟、林黛嫚、楊明
林雯殿、鄒敦怜

文訊雜誌社主編　定價120元

張曼娟願做個文學擺渡者，
林黛嫚以敏銳的心透視萬物，
楊明藉著文字塑造全新的自己，
林雯殿利用寫作眞正做點事，
鄒敦怜用開放的心觀察世界，
她們的心事値得您傾聽。

文訊叢刊⑯

人間有花香

林佩芬、林剪雲、李若男、
黃秋芳、衣若芬、楊麗玲

文訊雜誌社主編　定價140元

林佩芬的溫柔敦厚，
林剪雲的隨意隨緣，
李若男的熱情週到，
黃秋芳不迷戀不帶人間煙火的少年愛情，
衣若芬每一件事都認眞看待，
楊麗玲擅長人物塑造，
請細看她們筆下的人間景象。

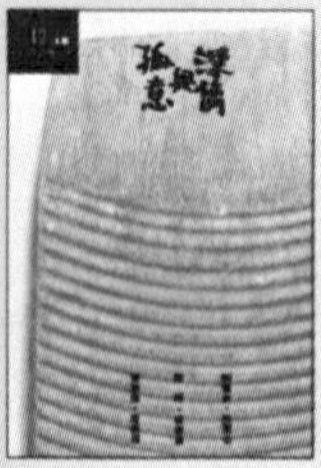

文訊叢刊⑰

深情與孤意

蔡秀女、朱天心、陳燁、
梁寒衣、葉姿麟、詹美涓

文訊雜誌社主編　定價140元

蔡秀女以「人」的立場探詢人世，
朱天心深情於這個世界，
陳燁充滿傾訴的願望，
梁寒衣用寫作做爲「靈魂的出口」，
葉姿麟不肯自囿於閒愁，
詹美涓藉小說看到不同的自己，
讓我們一起走入她們的情意世界。

預約優待，請把握機會（即日起至80年5月31日止）

編號	書名	定價	一般讀者 八五折	文訊訂戶 七五折
文訊叢刊⑬	知識分子的良心	200	170	150
文訊叢刊⑭	結婚照	140	119	105
文訊叢刊⑮	陽光心事	120	102	90
文訊叢刊⑯	人間有花香	140	119	105
文訊叢刊⑰	深情與孤意	140	119	105
五本合購優惠價			八折 592	七折 518

＊文訊訂戶請在劃撥單上註明電腦編號或來電查詢
〔讀者服務專線：(02)741-2364〕

文訊雜誌社
地址：台北市復興南路一段127號3樓
電話：(02)7412364・7711171　FAX：(02)7529186

⊙訂閱文訊雜誌一年900元，兩年1700元，
劃撥帳號12106756文訊雜誌社